スマホ片手に文学入門

検索で広がる解釈の楽しみ方

小池陽慈

笠間書院

はじめに

こんにちは、小池と申します。大学受験の予備校で現代文を教えたり、こうして本を書いたりしています。本書『スマホ片手に文学入門』の版元である笠間書院では、『14歳からの文章術』および『〝深読み〟の技法』を書かせてもらっています。どちらもとても面白い本なので、ぜひぜひ読んでみてくださいね。

さて、唐突ですが、皆さん、文学はお好きですか？

詩。俳句。短歌。あるいはエッセイ。そしてもちろん、小説。

「好きですね。毎日読んでいます」

「本は読むけど、実用書が多いかな。文学は、まあ、ときどき」

「エッセイや小説は好きだよ。でも、詩や短歌はなぁ……」

いろいろなご反応があるでしょう。そしてもしかしたら、

文学は嫌だ。だって〝登場人物の気持ち〟なんてわからないもん！

とお答えになる方もいらっしゃるかもしれません。

登場人物の気持ち。

文学という言葉を目にしたり耳にしたりしてまっさきにそれを思い出す方は、おそらく、国語のテストや模擬試験、はたまた入試問題などで触れてきた文学の印象を強くお持ちなのでしょう。

たしかにこうした媒体では、その内容理解を問う設問の多くが、直接間接に〝登場人物の気持ち〟をたずねています。物語や小説を素材とする問題において、「このときの○○さんの気持ちを答えなさい」とか「○○がこのような心情になったのはどうしてか」といったような設問の、いかに多いことか。

でも――でもですね、私は皆さんに、こうもお聞きしたい。

文学って、ただただ〝登場人物の気持ち〟を読み取るだけのものなんでしょうか。「○○○○して、□□な気持ち」と答えることができれば、それで文学は読めたことになるのでしょうか。

断じて違う。

違うんです。

文学は、決して、〝登場人物の気持ち〟を読み取るだけの文章などではない。

誤解していただきたくないのは、私は何も、〃登場人物の気持ち〃を読むという営みを否定しているわけではないんです。ときにそれはとても大切な読み方となりますし、試験というものから離れると、そうしたことを考えることも、実は刺激的で非常に楽しい営みになり得る。〃登場人物の気持ち〃に着目することは、文学を読むうえで、確かに一つの方法であって、本書でもその点にはたびたび言及することになります。

ただ、それだけではない。

文学を読むことの意味や楽しみは、〃登場人物の気持ち〃を考えること以外にも、たくさんあるんですね。そうしてそのような読み方を私たちに教えてくれるのが、〈文学理論〉とか〈批評理論〉などと呼ばれるものなんです。

本くらい自由に読ませてくれよ。理論だのなんだの、堅苦しい！

そう思われた方、ご安心ください。〈文学理論〉は、むしろ、私たちの読み方に自由をもたらしてくれるもの。「〃登場人物の気持ち〃を答えなさい」にがんじがらめに縛られた私たちを、その束縛から解き放ってくれるものなんです。

えー……、でも、そういう理論って、どうせ難しいんですよね……

それはおっしゃる通りで、〈文学理論〉や〈批評理論〉には、確かに難解なものが非常に多い。しかも、過度に。大学などで文学研究の方法を学ばないと、なかなかに実践できるようなものではないんですね。

そこで、本書なんです。

この『スマホ片手に文学入門』は、私たちに読みの自由を教えてくれる〈文学理論〉を——もちろんその一部も一部ではありますが——わかりやすく、かつ具体的に実践していくことをテーマとする一冊なんですね。

「あー、なるほど。こんなふうに読むと文学はもっと楽しめるんだ」

「ふむ……この方法、次の読書で試してみようかな」

皆さんに、きっとそうした感想を持っていただけるよう、とても魅惑的な短編を三つ選び、〈文学理論〉を活用しながら——けれども、専門的な用語や難解な言い回しは極力避けながら——あれやこれやとおしゃべりしてみました。

え？　「どうして『スマホ片手に』なんですか？」ですって？

それはですね、スマホ（でなくてもいいのですが）であれこれ調べながら読むことによって、文学は、もっともっと面白く楽しめるようになるからなんです。ウィキペディアやコトバンクなどを活用することで、〈文学理論〉だって、きっと手軽に実践できるものとなる。

皆さん、半信半疑といったところでしょうか。

であるならば、だまされたと思って、まずは本書の第1章を読んでみてください。

わくわくするような文学の世界、そして〝解釈〟の世界が、皆さんのことを今か今かと待っています。

目次

第1章

芥川龍之介『ピアノ』

芥川龍之介『ピアノ』

出典　青空文庫　＊ルビは随時こちらで補っています。

或《ある》雨のふる秋の日、わたしは或人を訪ねる為《ため》に横浜の山手を歩いて行つた。この辺の荒廃は震災当時と殆《ほとん》ど変つてゐ《い》なかつた。若《も》し少しでも変つてゐるとすれば、それは一面にスレヱトの屋根や煉瓦《れんが》の壁の落ち重なつた中に藜《あかざ》の伸びてゐるだけだつた。現に或家の崩れた跡には蓋をあけた弓なりのピアノさへ、半ば壁にひしがれたまゝ、つややかに鍵盤を濡らしてゐた。のみならず大小さまざまの譜本もかすかに色づいた藜の中に桃色、水色、薄黄色などの横文字の表紙を濡らしてゐた。

わたしはわたしの訪ねた人と或こみ入つた用件を話した。話は容易に片づかなかつた。わたしはとうとう夜に入つた後、やつとその人の家を辞することにした。それも近近にもう一度面談を約した上のことだつた。

雨は幸ひにも上つてゐた。おまけに月も風立つた空に時々光を洩《も》らしてゐた。わたしは汽車に乗り遅れぬ為に（煙草の吸はれぬ省線電車は勿論《もちろん》わたしには禁もつだつた。）出来るだけ足を早めて行つた。

すると突然聞えたのは誰かのピアノを打つた音だつた。いや、「打つた」と言ふよりも寧《むし》ろ触つた音だつた。わたしは思はず足をゆるめ、荒涼としたあたりを眺めまはした。ピアノは丁度月の光に細長い鍵盤を仄《ほの》めかせてゐた、あの藜の中にあるピアノは。――しかし人かげはどこにもなかつた。

それはたつた一音《おん》だつた。が、ピアノには違ひなかつた。わたしは多少無気味になり、もう一度足を早めようとした。その時わたしの後ろにしたピアノは確かに又かすかに音を出した。わたしは勿論振りかへらずにさつさと足を早めつゞけた、湿気を孕《はら》んだ一陣の風のわたしを送るのを感じながら。……

わたしはこのピアノの音に超自然の解釈を加へるには余りにリアリストに違ひなかつた。成程《なるほど》人かげは見えなかつたにしろ、あの崩れた壁のあたりに猫でも潜んでゐたかも知れない。若し猫ではなかつたとすれば、――わたしはまだその外にも鼬《いたち》だの蟇《ひき》がへるだのを数へてゐた。けれども兎《と》に角《かく》人手を借らずにピアノの鳴つたのは不思議だつた。

五日ばかりたつた後、わたしは同じ用件の為に同じ山手を通りかゝつた。ピアノは不相変《あいかわらず》ひつそりと藜の中に蹲《つくば》つてゐた。桃色、水色、薄黄色などの譜本の散乱してゐることもやはりこの前に変らなかつた。只《ただ》けふはそれ等は勿論、崩れ落ちた煉瓦やスレエトも秋晴れの日の光にかがやいてゐた。

わたしは譜本を踏まぬやうにピアノの前へ歩み寄つた。ピアノは今目のあたりに見れば、鍵盤の象牙も光沢を失ひ、蓋の漆も剥落してゐた。殊に脚には海老《えび》かづらに似た一すぢの蔓草《つるくさ》もからみついてゐた。わたしはこのピアノを前に何か失望に近いものを感じた。

「第一これでも鳴るのかしら。」

わたしはかう独り語を言つた。するとピアノはその拍子に忽《たちま》ちかすかに音を発した。それは殆どわたしの疑惑を叱つたかと思ふ位《くらい》だつた。しかしわたしは驚かなかつた。のみならず微笑の浮んだのを感じた。ピアノは今も日の光に白じらと鍵盤をひろげてゐた。が、そこにはいつの間にか落ち栗が一つ転がつてゐた。

わたしは往来へ引き返した後、もう一度この廃墟《はいきょ》をふり返つた。やつと気のついた栗の木はスレヱトの屋根に押されたまま、斜めにピアノを蔽《おお》つてゐた。けれどもそれはどちらでも好《よ》かつた。わたしは只藜の中の弓なりのピアノに目を注いだ。あの去年の震災以来、誰も知らぬ音を保つてゐたピアノに。

01 或《ある》雨のふる秋の日、

秋に降る雨――と言えば、「秋雨」でしょうか。「あきさめ」とも「しゅうう」とも読みますね。はたして、「秋に降る雨」という以上の、何かしらの意味や特別な情報を持つ言葉なのでしょうか。さっそくコトバンクで調べてみましょう。あ、コトバンクというのは、出版社などが提供する辞書・事典などの横断検索システムのことです。広告非表示でなければ無料ですし、皆さんもおおいに活用してみてください。

あき‐さめ【秋雨】
〈名〉秋に降る長雨。八月末から一〇月初めごろの間に陰鬱な天気が続き、それにつれて降る弱い長雨。《季・秋》
※八雲御抄（1242頃）三「光忠が、あきさめなどいへるたぐひは、をかしきことなり」
語誌 「はるさめ」の連想から生じた語。「はるさめ」が季節感を表わす語として和歌に多用されたのに対して、「八雲御抄」で禁じているように歌ことばとは考えられなかったらしい。もっとも「秋の雨」も上代や中古ではほとんどみえず、中世になって「続古今集」以降の十三代集にみえる程度であった。「あきさめ」が韻文にみえるのは近世中期の蕪村らの俳諧で、そこでは「秋の雨」と共用されている。

（コトバンク「精選版 日本国語大辞典」より）

今回は、「精選版　日本国語大辞典」の解説が面白く思われたので、そこから引用してみました。

［語誌］がなかなかに興味深いですね。『八雲御抄《やくもみしょう》』がわからなかったので調べてみたら、こちらも同じくコトバンク「精選版　日本国語大辞典」に、

鎌倉初期の歌学書。六巻。順徳天皇著。承久の乱（一二二一）の頃まで執筆していた草稿を、佐渡遷御後まとめたもので、先行の歌学研究を集大成したもの。歌学的知識、詠歌作法、歌語の収集と解釈、名所解説、歌論の見解などが記されている。八雲抄とも。

とありました。なるほど、順徳天皇が著した歌論書なのですね。要するに、そのなかで「秋雨」という語を和歌に用いることが禁じられていた、と。

ということは、使用例に引用されている『八雲御抄』の「光忠が、あきさめなどいへるたぐひは、をかしきことなり」の「をかしき」つまり「をかし」は、私たちが「滑稽だ」の意味で使っている「おかしい」と同じような用いられ方をしていることになるはずです。「和歌に『あきさめ』なんて言い方を詠みこむのは、ちゃんちゃらおかし

い！」といった文意でしょうか。

なるほど。私などは「秋雨」などという言葉を目にしたり耳にしたりすると、風雅で趣があるなぁ……と感じられてしまいますが、実は、伝統的な和歌の世界では、由緒ある歌語としては認められていなかったらしい。なにせ、韻文に「秋雨」が詠まれるのは、江戸時代中期の与謝蕪村まで待たなければいけないのですから。しかもようやく「秋雨」が詠まれたのは、伝統的な和歌ではなく、新興の文芸である俳諧であったとは——いや、これは予想外でした。面白い、面白い。

あ、「俳諧」といってイメージできない人は、ぜひ、これも調べてみてください。基本的には私たちの言う「俳句」と思って大丈夫ですが、「俳句」という言い方は、明治に入ってから定着したものなんですよね。「俳諧」の「諧」という漢字などに着目してみると、また興味深い情報を引き出せると思います。

さて、話は思い切り横に滑ってしまいましたが（そしてそうした脱線も読書の一つの醍醐味であるわけですが）、では肝心の「秋雨」という言葉の意味内容は、「精選 日本国語大辞典」ではどのように説明されているでしょうか。

まず、「秋に降る長雨」とあります。

もしかすると読解の役に立つ情報を手にできるかもしれないので、一応、「長雨」という言葉も調べてみましょうか。

長雨（読み）**ナガメ**
《「ながあめ」の音変化》長く降りつづく雨。和歌では多く「眺め」と掛けて用いる。
「つれづれと―ふる日は青柳のいとどうき世にみだれてぞふる」〈紫式部集〉
（コトバンク「デジタル大辞泉」より）

「和歌では多く「眺め」と掛けて用いる」――あ、古文の授業で習った掛詞ですね！例えば「あき」に「秋」と「飽き」の二つの意味を持たせるとか、そういった表現技法です。「長雨」は「ながめ」とも読み、和歌では「眺め」つまり「ながむ」という動詞の意味と掛けて用いられることがよくある。そして「ながむ」とは――ただ単に「眺める」だけではなく、「何かしら物思いに耽《ふけ》りながら、心ここにあらずといったふうでぼんやりと見つめる」といった意味を持つことが多いのでしたよね。

いや、もちろん芥川がこの作品の冒頭「或雨のふる秋の日」という表現に、そうした意味を自覚的に込めているかどうかはわかりませんよ？

でも、言葉の連想から、〈秋に降る雨↓秋雨↓長雨↓もの思いに沈む心〉と解釈するのは、私たち読者の自由です。しかも、この作品を一通り読んでいる皆さんなら、「もの思いに沈む」という心のありようを解釈するのは、この作品前半の雰囲気からしてみれば、むしろぴったりだと思われるはずです。

では、さらに「秋雨」の解説を読み進めてみましょう。

「八月末から一〇月初めごろの間に陰鬱な天気が続き、それにつれて降る弱い長雨」とあります。

はっきり「陰鬱」と述べられていますね。

まさに、作品前半の世界観にふさわしい。

芥川の真意など私たちには知りようもないですが、ここでは〈秋に降る雨↓秋雨↓長雨↓もの思いに沈む心↓陰鬱な雰囲気〉といった連想のままに、ひとまずこの「ピアノ」を読み進めていきましょうか!

メモ　**もの思いに沈むかのような、陰鬱な雰囲気**

02
わたしは或人を訪ねる為《ため》に横浜の山手を歩いて行つた。

語り手は「わたし」、つまり一人称ですね。ということは、この物語は、この一人称の語り手の感覚や思考を通じて捉えられた世界として語られていくことになるはずです。客観的な世界そのものではなく、語り手の主観によって色付けされた世界、ということですね。

そして、「横浜の山手」とあります。試しに、「横浜　山手」で検索してみましょう……お、フリー百科事典ウィキペディアの「山手（横浜市）」がヒットしました。気になった解説を、二箇所、引用してみます。

山手（やまて）は、神奈川県横浜市中区の地域名。狭義には1867年（慶応3年）から1899年（明治32年）まで外国人居留地（山手居留地）であった山手町（やまてちょう）を指す。広義には山手町の南側一帯も含む。

山手町は元町および石川町の南側の高台に位置する。高級住宅街、観光地として有名で都市景観100選に選定されている。

※以下、ウィキペディアからの引用については、すべて本書の執筆時（2024年）に確認したもの。

歴史的には、日本が近代化＝西欧化を目指していた頃の「外国人居留地」であり、現代では「高級住宅街」であるそう。いかにも〝ハイカラ〟といったイメージですよね。あるいは、〝垢抜けた雰囲気〟と言ってもよいでしょうか。

……となると、01で解釈した〈もの思いに沈む心↓陰鬱な雰囲気〉というイメージとは、とても対照的な感じですよね。書き出しの〝どんより〟が、〝明るいイメージ〟へとひっくり返った感すらあります。

メモ　陰鬱な雰囲気から明るいイメージへの反転

03 この辺の荒廃は震災当時と殆《ほとん》ど変つてゐなかつた。

先ほど私と一緒にウィキペディアの「山手（横浜市）」の項に目を通した方なら、そこに、

1923年（大正12年）の関東大震災では大きな被害を受け、以後この区域に住む外国人居留民は激減した

という記載のあったことにお気づきかと思います。そう。物語の舞台は、この関東大震災の生じた後の横浜であったのですね。「震災当時と殆ど変つてゐなかった」とありますから、関東大震災が起きてから、それなりに時は経過しているようです。ただ、相変わらず「荒廃」したままである、と。

もちろん、関東大震災についても調べてみましょう。「コトバンク　関東大震災」で検索すると……これだけ有名な出来事ですから、様々な辞書、事典から解説が引用されています。今回は、歴史的な知識ということで、山川出版社の「山川 日本史小辞典 改訂新版」を参照してみます。皆さんのなかにも、受験などで山川の用語集や教科書を使ったことのある方もいらっしゃるのではないでしょうか。

1923年（大正12）9月1日午前11時58分、関東地方南部を襲った相模湾北西部を震源地とするマグニチュード7・9の大地震。死者9万9331人、行方不明者4万3476人、負傷者10万3733人、全被災者は約340万人。小田原・根府川方面の地震は激烈で、東京・横浜では地震による火災が加わり大きな被害を出した。戒厳令が2日東京市に、翌3日には東京府・神奈川県に施行された。1日夕刻から「朝鮮人投毒・放火」などの流言が広まり、自警団・軍隊・警察などによって数千人の朝鮮人が虐殺され、また亀戸事件・甘粕事件・王希天《おうきてん》事件などがおこった。震災後の帝都復興事業は、後藤新平内相らを中心に計画的に進められた。丸の内のオフィス街と山の手の郊外住宅地域などが急速に発達し、東京・横浜などの都市計画作成の契機となった。

解説の全文を引用しました。

……凄まじい被害ですね……。天災としての被害のみならず、身の毛がよだつような人災によっても夥《おびただ》しい数の犠牲者が生じています。地震と火災とが、それまでに日本の首都圏が築いてきた物質的な意味での近代を破壊し、そして蛮行が、理性や科学によって象徴されるような近代的な精神を脆《もろ》くも葬り去ってしまった――思わずそうした感を抱いてしまいます。語り手「わたし」の歩く「横浜の山手」には、いまだそのような惨劇を彷彿《ほうふつ》とさせる光景が広がっていたのでしょう。

である以上、02で読み取った〝明るいイメージ〟――「横浜の山手」の持つハイカラで洗練されたイメージ――は、やはり再び、01で確認した〝陰鬱な雰囲気〟へと回収されていくことになります。

いや――いったん「横浜の山手」の持つ〝明るくハイカラなイメージ〟を想起して

いればこそ、この再度の〝暗〟への反転は、より強烈なものとして印象に残るはずです。

〈かつての明／現在の暗〉という対照。

このコントラストが、物語の雰囲気を、さらに陰鬱なものとして演出する、ということです。

メモ　明から暗への再度の反転→陰惨なイメージの強調

04

若《も》し少しでも変つてゐるとすれば、それは一面にスレヱトの屋根や煉瓦《れんが》の壁の落ち重なつた中に藜《あかざ》の伸びてゐるだけだつた。現に或家の崩れた跡には蓋をあけた弓なりのピアノさへ、半ば壁にひしがれたまゝ、つややかに鍵盤を濡らしてゐた。のみならず大小さまざまの譜本もかすかに色づいた藜の中に桃色、水色、薄黄色などの横文字の表紙を濡らしてゐた。


ここは一気に引用してみました。

瓦礫《がれき》のなかに伸びる藜。

蓋をあけた弓なりのピアノ。

おそらくは、そこらへんに散らばったままの譜本——これはたぶん、楽譜のことと思われます。

これらすべては、「震災」による「荒廃」を象徴する、具体的な物たちですよね。つまりはこの記述は、具体的な事例を列挙することで、直前に確認した〝陰鬱なイメージ〟をさらに強調する働きを担っていると考えられます。

「藜」という語が二度登場していますね。こちらをウィキペディアで調べてみると、

アカザ（藜、学名：*Chenopodium album var. centrorubrum*）は、ヒユ科アカザ属の一年草。畑の縁や空地などに多い雑草。繁殖力が強く、草丈2メートルほどになる。古くから食用雑草、民間薬として利用されている。

"Melganzenvoet bloeiwijze Chenopodium album.jpg" by Rasbak, CC BY-SA 3.0 <http://creativecommons.org/licenses/by-sa/3.0/>, via Wikimedia Commons

とあります。

雑草なのですね。それが「伸びてゐる」わけですから、震災が起きてから、やはりそれなりに時は経過していることを示唆しています。それなのに、復興はまったく進んでいない……ということは、〝陰鬱なイメージ〟を、より鮮烈に印象づける植物で

あるとも言えそうです。
ウィキペディアには「草丈2メートルほどになる」とありますが、ここではどうなのでしょうか。まだそこまでは伸びていないのか。それとも、それに届かんばかりに成長しているのか。それを判断する根拠はありませんが、もし後者であったとするなら、いつまでも始まらない復興、という暗い雰囲気は、一層重たくのしかかってくるものに感じられてしまいます。

メモ　荒廃による陰惨なイメージの強調

05 わたしはわたしの訪ねた人と或こみ入った用件を話した。話は容易に片づかなかつた。

ここで初めて、語り手「わたし」が「横浜の山手」を訪れた理由がわかりました。「わたし」は「或人」と「こみ入った」――ということは、厄介で手を焼くような件について話をしにいったのですね。「話は容易に片づかなかつた」とありますから、相当にこんがらがった内容であったはずです。

皆さんは、解決することが難しいとわかっているややこしい問題について誰かと話し合いに出かけるとき、どんな気持ちになりますか？

「あー……めんどうくさいなぁ……」

「気が進まないなぁ……」

きっと、そんなふうに感じるのではないでしょうか。

……ということは、この作品の冒頭に語られる、「或雨のふる秋の日、わたしは或人を訪ねる為に横浜の山手を歩いて行つた」ときの「わたし」もまた、おそらく、気の滅入るような思いを抱いていた可能性が高い。

01や03、04で読んでみたように、この物語『ピアノ』は、その語り出しから、陰鬱なイメージが漂っています。けれどもここまでは、それは「秋」の「雨」や、「震災」によって「荒廃」したままの風景など、外的な世界が作り出す〝暗さ〟でした。しかしここでは、語り手「わたし」の内的な心情もまた、鬱々と沈んでいることがわかる。展開される陰鬱な光景のなかで、「わたし」の沈む気持ちもより一層増幅されることでしょう。

あるいは、また逆に、そうした「わたし」の暗い思いが、周囲の「荒廃」した風景を、さらに陰鬱なものとして「わたし」や読者に見せてしまっている可能性もありますよね。02で触れたように、語り手が一人称である場合、そこで語られる世界のありようは、「客観的な世界そのものではなく、語り手の主観によって色付けされた世界」であるはずです。〝私〟や〝彼／彼女〟とは距離を置き、世界を誰の目も通さずに描写することのできる――もしくは、そうした〝お約束〟のもとで物語を読むことを読者に受け容れさせる語り手は、ここには存在しないのです。

陰惨な光景が「わたし」をより暗い気持ちにさせ、そんな「わたし」の暗い気持ちが、光景を一層陰惨なものに見せる。

このくだりには、そうした負の連鎖を読み取ることができます。

メモ　陰惨な光景と「わたし」の沈む気持ちとの相関

> 06　わたしはとうとう夜に入った後、やっとその人の家を辞することにした。それも近近にもう一度面談を約した上のことだった。

「とうとう」あるいは「やっと」という副詞には、話し合いが長時間に及んだことが示唆されています。しかも、「もう一度面談を約した」とある以上、どうやら解決には至らなかった。こうなれば当然、「わたし」の沈む気持ちは、さらに深くなってしまったことでしょう。めんどうくさい要件を済ませることができず、相当にうんざりする思いを読み取ってください。

メモ　さらに増幅される、「わたし」の沈む気持ち

07 雨は幸ひにも上つてゐた。おまけに月も風立つた空に時々光を洩《も》らしてゐた。

これまでの展開を考えるなら、ここは、ちょっと「お……？」となるところです。だって、あの陰鬱な秋の雨が「上つてゐた」とあるんです。しかも「幸いにも」とまで言っている。なんだか、これまでの暗い雰囲気が明るい方向へと反転しそうな気配がありますよね――とはいえ、02で確認した〈暗から明への反転〉は、03ですぐさま〈明から暗への再度の反転〉として覆されてしまいましたから、私たち読者は、この展開に対して、もはや素直に信じることができませんけれども。

……と、思いきや、今度は「月」が「光」を洩らしている。つまりは、先ほどとは

異なり、〈暗から明への反転〉が反復され、強調されているわけですね。これはもしや、期待してもかまわない……？

ただ、私はやはり不安に思います。なぜなら、古典の授業でこんな話を聞いたことがあるからです。すなわち、この「月」というものは、しばしば、不吉なものの象徴として語られることがあった、と。

とはいえ記憶が不確かなので、試しに、「古典　月　不吉」で検索をかけてみましょう。すると……質問系のサイトや個人のブログなどで『竹取物語』や『源氏物語』に語られる月について解説する文章がたくさんヒットしました。もちろん、皆、こうした古典作品の中で語られる、〝月なるものの不吉さ〟について言及しています……。

つき‐の‐かほ【月の顔】

分類 連語

月の表面。月のおもて。月の光。

出典 竹取物語　かぐや姫の昇天

「つきのかほ見るは忌（い）むこと」

［訳］月の表面を見ることは不吉として避けること。

（ｗｅｂｌｉｏ古語辞典「学研全訳古語辞典」より）
https://kobun.weblio.jp/content/%E6%9C%88%E3%81%AE%E9%A1%8F

なるほど、あの『竹取物語』の中に、「月の表面を見ることは不吉として避けること」だという話が語られているのですね。そういえば西欧でも、月の光を浴びると変化してしまう狼男みたいな妖怪もいましたし、もしかしたら、多くの社会で、月というものについての〝不気味で怪しい雰囲気をまとうイメージ〟は共有されているのかもしれません。

いや、もちろん、いま読んでいる「雨は幸ひにも上つてゐた。おまけに月も風立つた空に時々光を洩らしてゐた」という記述だけに限定するなら、「幸ひにも」に続く語りの中での「月」の「光」であるわけですから、ここは間違いなく〈明〉のイメージを演出しています。

でも……繰り返しますが、03で〈明から暗への再度の反転〉を体験してしまった私たちは、やはり、どこか疑心暗鬼になってしまっているのではないでしょうか。「もしかしたらこの月明りは、物語が進むにつれ、何かよろしくない、不吉で忌まわしいものへと転化してしまう可能性があるのではないか……」と。

メモ　一転して〈暗↓明〉へ。しかし、この月の光は……。

08 わたしは汽車に乗り遅れぬ為に（煙草の吸はれぬ省線電車は勿論わたしには禁もつだつた。）出来るだけ足を早めて行つた。

「省線電車」ならばゆとりをもって出発に間に合うが、それだと煙草を吸うことができない、したがって喫煙が可能な「汽車」に乗りたいが、その場合は発車まであまり時間がない、だから、「足を早めて行つた」——どうやら、そういった状況のようです。

きっと「わたし」はヘビースモーカーだったのでしょう。ましてやこのときは、面倒な話し合いを長い時間続けながら結局解決しないまま帰途についているわけです。気持ちは沈むのみならず、かなりイラついてもいるのではないでしょうか。喫煙者にとってみれば、イライラしているときに一服することができないのは耐えがたいものなのです。

――と、ここまで読んで、若い読者の中には、「昔の鉄道って、煙草が吸えたの?」と驚いている人もいるかもしれません。せっかくですから、ついでに「鉄道　喫煙」で検索してみましょう。

ウィキペディアに、「交通機関の喫煙規制」という面白そうな項目が見つかりました。さらに、その中に、「日本の列車禁煙化の歴史(国鉄・JR)」という年譜がありましたので、その冒頭の方の一部を引用してみましょう。

・1908年10月1日:鉄道庁が新橋⟷横浜・横須賀・国府津間の各急行列車に禁煙車を設置(1等車半輛、3等車1輛)。
・1976年8月20日:新幹線初の禁煙車設置(東海道新幹線の「こだま」16号車)。
・1980年4月7日:「嫌煙権確立を目指す法律家の会」による嫌煙権訴訟。被告は国、日本専売公社、日本国有鉄道。
・1981年:在来線初の禁煙車設置。エル特急「とき」(上野 - 新潟間を走行)。

新幹線の開業は1964年。ということはそれから10年以上、新幹線には「禁煙車」が用意されていなかったのですね……。私は1975年の生まれなのですが、例えば東海道線などの、座席がシートではなくボックスの電車には、座席のひじ掛けのとこ

ろに灰皿が設置されていたことをはっきりと覚えています。煙草の煙が充満した、真っ白な車両も――というかむしろ、高校生くらいの頃までは、そうした光景がごく当たり前だったという記憶すらあります。

……なんだか煙たくなってきてしまいましたね。煙草云々は「ピアノ」を読むうえではあまり大きな意味はなさそうですが、前述のように、こうした脱線をしながら読み進めていくのも、読書の楽しみと言えるでしょう。

ともあれ、「煙草の吸はれぬ省線電車」がNGな「わたし」は、「汽車」の発車時刻に間に合うように急いでいます。汽車――といえば、煙突から煙がもくもく上がり、窓を閉めておかないと、客車のなかにもそれが入ってきて大変なことになる……という話を聞いたことのある人もいると思います(ちなみに芥川には『蜜柑』という傑作があるのですが、そこにはまさに、汽車のそうしたありようが描かれています。これも短い作品ですので、ぜひ、読んでみてください)。

おそらくは、客車にも煙の臭いが染み付いているでしょう。

煙草の煙に、汽車の煙。

なんだかむせてしまいそうですね。

この息の詰まるようなイメージが、『ピアノ』の作品世界における閉塞感や重苦しさをそれとなく演出している——というのは、さすがにこじつけですかね（笑）。

メモ　煙草を吸える汽車に間に合うよう、急ぐ「わたし」↓イライラしている？

09 すると突然聞えたのは誰かのピアノを打った音だった。

夜です。普通に考えれば、ピアノを鳴らしていいような時間ではありません。いや、そもそも、いま「わたし」が歩いているのは、震災で荒廃してしまった辺りだったはずです。もちろん、「わたし」が訪ねた「或人」はここらに住んでいるわけですから、家がまったくないということではないでしょうけれど、でも……。

なぜここで、私たちは「誰かのピアノを打った音」に対して、不穏な何かしらを感じるのか。

それは、ここまでこの作品に描かれてきた、〈暗〉のイメージがゆえです。

しかも、07では、いまは〈明〉なるものとして描かれる月の光も、いつか「不吉で忌まわしいものへと転化してしまう可能性があるのではないか」と疑心暗鬼になってしまう、そんな私たち読み手の心情についても触れました。

こうした諸々の流れのなかで、「誰かのピアノを打つた音」という、いつもなら別段なんとも思わないような記述について、心にぞわぞわするものを感じてしまうというわけです。

メモ　突然聞こえたピアノの音→何かしら、怪しい雰囲気？

10 いや、「打つた」と言ふよりも寧ろ触つた音だつた。

なるほど、直前の文では、不意に聞こえたピアノの音について、「誰かのピアノを打つた音」と言っていましたね。「ピアノ」について〝打つ〟というのは、私たちの感覚で言い換えれば、むろん、〝弾く〟あるいは〝（鍵盤を）叩く〟といったことでしょう。いずれにせよそれは、ピアノや鍵盤に対して、演奏する、あるいは音を鳴らすという明白な目的をもって、意図的にする行為ですよね。

ところがこの一文では、「いや」とそれを否定します。そしてピアノを「打つた」という言い方について、それよりも「触つた」と表現するほうが適切だ、という認識を示すのです。

ピアノを＋打つ／弾く／叩く

ピアノを（に）＋触る

先ほど確認したように、〈ピアノを＋打つ／弾く／叩く〉と表現した場合、そこには「演奏する、あるいは音を鳴らすという明白な目的をもって、意図的にする行為」といった意味が含まれることになります。

これと比べるなら、〈ピアノを（に）＋触る〉のほうは、どうか。

言葉の使い方というのは、時代や地域、あるいは世代やさらには個人によって大なり小なり変わるものですから一概には言えないかもしれませんが、でも、本書を読む皆さんの多くは、たぶん、〈ピアノを（に）＋触る〉という言い方について、「演奏する、あるいは音を鳴らすという明白な目的をもって、意図的にする行為」といった含みは感じないのではないでしょうか。

となれば、ここに、

ピアノを＋打つ……ピアノを演奏するという明白な目的をもつ意図的な行為
ピアノを（に）＋触る……ピアノを演奏するという明白な目的をもたない非意図的な行為

という対比を解釈することができそうです。つまり突然「わたし」の耳に入ってきたピアノの音は、誰かが意図的に鳴らしたものではない、ということですね。

でも、ピアノという楽器に対して、意図的に鳴らそうと思っていないのに鳴らしてしまうというのは、いったいどういう状況なのでしょうか。それこそ、鍵盤のふたを開けっ放しにしたままで、その近くを通りかかったときに、身体の一部がたまたま触れてしまい、うっかり鳴らしてしまった、とか……？

メモ
突然聞こえたピアノの音
↓誰かが明確な意図をもって弾いたのではない……？

11 わたしは思はず足をゆるめ、荒涼としたあたりを眺めまはした。

人の発する言葉や動作には、しばしば、その人がいま思っている気持ちや心情などが表わされます。典型的には、うれしいという気持ちのときには、顔がほころんでしまう、ふふっと笑みがもれる、などといったように。

考えてもみてください。

「わたし」はいま、何をしていたのでしたか？

08で確認したように、〝喫煙が可能な「汽車」に乗りたいが、発車まであまり時間がない、だから、急ぎ足で歩いている〟のでしたよね？　おそらくヘビースモーカーである「わたし」には、ただでさえ禁煙車はつらいのに、ましていまは、「或人」との話し合いがうまくいかずイライラしている。つまり、いつも以上に、「煙草の吸はれぬ省線電車は勿論わたしには禁もつだつた」はずなんです。

ところが、そんな「わたし」が、「思はず足をゆるめ」ている。「あたりを眺めまはした」とありますから、たぶん、歩みを遅くしただけでなく、いったん立ち止まっていますよね。

なぜでしょうか。

それはもちろん、突然聞こえたピアノの音、しかもおそらくは、誰かが明確な意図をもって弾いたのではないその音について、確認したいと思ったからでしょう。そして、確認したいと思う以上は、このピアノの音は、本来であれば、「わたし」がいま歩いていた辺りでは聞かれないはずのものであったはずです。

ここで耳にするはずのないピアノの音が、突然、聞こえた。「わたし」はきっと、それを不思議に思ったのでしょう。だから、確認しようと考えた。つまりここには、

ここでは聞かれないはずの、しかも誰かが明確な意図をもって弾いたのではないピアノの音が不意に耳に入ってきて、不思議に思い、その音について確認しようとしている

という、「わたし」の心情を読み取ることができるわけです。

メモ

聞かれるはずのないピアノの音を不思議に思い、確かめようとする「わたし」

12 ピアノは丁度月の光に細長い鍵盤を仄《ほの》めかせてゐた、あの蔾の中にあるピアノは。

ピアノ、ありました。

これはもちろん04で見た、「或家の崩れた跡」にあった「蓋をあけた弓なりのピアノ」で、「半ば壁にひしがれたまゝ、つややかに鍵盤を濡らしてゐた」ものでしょう。

なるほど、野ざらしのまま「蓋をあけた」状態で放置されているのですから、誰かが明白な意図をもってではなく、うっかり触ってしまったことによって音が鳴る、ということもありえますよね。

そして、「蔾の中にある」と語られています。

ここで、このピアノが04に描かれていたものであることが確定しました。そしてこれも04で確認した通り、この「蔾」と言う雑草は、震災からの復興がまったく進んでいない、荒涼とした風景の陰鬱なイメージを、より鮮明に印象づけるものでしたよね。

……となると、ピアノの「細長い鍵盤」を照らす「月の光」もまた、そうした陰鬱なイメージに連なるものとして解釈される可能性が出てくる。

そう。

07 で、

もしかしたらこの月明りは、物語が進むにつれ、何かよろしくない、不吉で忌まわしいものへと転化してしまう可能性があるのではないか……

と述べたことは、おそらく、その通りであった……。

メモ 音……野ざらしのピアノから発されたもの／月の光……不吉な雰囲気

13 ——しかし人かげはどこにもなかつた。

これで決まり、ですね。
何が、か。
月の光が、何かしら不吉で忌まわしい雰囲気を演出するためのものであることが。
だって、「人かげはどこにもなかつた」んですよ？
荒れたままの町で、夜、誰かが明白な意図をもってではなくてうっかり触ってしまったことによって音が鳴る……ということは、さきほど確認しました。ピアノは野ざらしのまま、「蓋をあけた」状態で放置されているのですから。これは別段、不思議でもなんでもない。

しかし、たとえそうであっても、「人かげ」が見当たらないというのはおかしい。意図してでなくとも誰かが鍵盤に触れて音を鳴らしてしまったとするなら、その誰かがいなくてはおかしいですよね。ところがそれが見当たらない。つまりここに描かれているのは、

誰もいないのにピアノがひとりでに鳴る

という超常現象であり、オカルトであるわけです。この怪しくも神秘的な雰囲気をより一層読者に印象づける働きをもつものが、ピアノの「細長い鍵盤を仄めかせてゐ」る、「月の光」であったわけです……。

ここで引用した一文、冒頭に「――」がありましたよね。

この「――」が、ある種のタメのようなものを作り、そして「人かげはどこにもな

かつた」という、この現象をオカルト化する条件が示される。こうした語りもまた、この場面の怪しく神秘的な雰囲気を演出するうえで、一役買っていると言えましょう。

メモ　誰もいないのにピアノがひとりでに鳴るというオカルト現象

14　**それはたつた一音《おん》だつた。が、ピアノには違ひなかつた。わたしは多少無気味になり、もう一度足を早めようとした。**

「多少」と言ってはいますが、「わたし」は「無気味」になっていますね。そりゃそうでしょう。何しろ、ただでさえ陰鬱な雰囲気の漂う荒廃した町の夜、〝誰もいないのにピアノがひとりでに鳴る〟という怪異現象が起きたのですから。「もう一度足を早めようとした」とありますが、ここは、先ほどのように〝喫煙ができる汽車に乗りたい〟という思いからではなく、気味が悪いのでこの場を早く立ち去りたいという気持ちから出た行動と考えるほうが適当かと思います。

メモ　誰もいないのにピアノがひとりでに鳴る→「わたし」、無気味に思う

15 **その時わたしの後ろにしたピアノは確かに又かすかに音を出した。わたしは勿論振りかへらずにさつさと足を早めつゞけた、**

また、鳴りました——ということは、再度、オカルト現象が生じたのです。直前では、「多少」の「無気味」さしか感じていない「わたし」でしたが、ここでは、たぶん、かなり気味悪く思っているようです。なぜなら、「さつさと足を早めつゞけた」とありますから。おそらくは恐怖にも似た感情を抱き、〝もうこんな無気味な場所にはいられない！〟という強い思いのもと、こうした行動を選択したのだと考えられますよね。

「振りかへらずに」なんていう言い方も面白い。

例えば子どもの頃、夜中に目覚めてひとりトイレに行くときなど、ぼんやりと広がる闇のなかをおずおずと進みながら、ふ、と背中に何かの気配を感じる……それがなにものであるかを確かめたいが、けれども、振り返ってそこに何かが本当にいたならば、どうすればいいのか……振り返って確かめたい……でも、確かめたくない……しかし……などと葛藤しながら、結局、恐怖心から振り返ることができず、駆け足で部屋にもどり、急いで布団を頭からかぶる——なんて経験、皆さんにも、きっとあるのではないでしょうか。

「わたしは勿論振りかへらずに」の「勿論」なども、よくよく考えてみると、とてもユーモラスな表現です。

皆さんは、どういった意味、どのような文脈で、この「勿論」という言葉を用いますか？　試しに「コトバンク」で調べてみましょう。「精選版 日本国語大辞典」には、以下のような解説が載っていました。

もち‐ろん【勿論】

［1］（議論の余地がないの意。多く副詞的に用いる）言うまでもなく自明であること。無論。

※名語記（1275）九「この義、勿論なるべし」

※洒落本・北華通情（1794）「『貴公見たか』『もちろん見升た』」

［2］〈副〉程度のはなはだしいさまを表わす語。大いに。大変。たくさん。

※滑稽本・通者茶話太郎（1795）二「一向えらい妙妙妙、勿論古雅でどうもいへぬ」

私は［2］の意味は知りませんでした。おそらくは皆さんも、「勿論」は、［1］の意味で使っていますよね。〈議論の余地もなく〉、あるいは〈言うまでもなく〉といった感じで。「わたしは勿論振りかへらずに」の「勿論」も、もちろん、こうした語義で使われています。

ここでの「勿論」の何がどうユーモラスか。

だって、ここで「わたし」は、オカルト現象におそらくかなりの恐怖心を抱き、駆け足でこの場を離れようと焦っているわけです。そして、ビビッて「振りかへ」ることができないのです。幼い頃、夜中にトイレに行ったときの私と同じように。そうしたことについて、「勿論」すなわち〈議論の余地もなく〉あるいは〈言うまでもなく〉などと念を押しているんですよ？　要するに、この「勿論」からは、

怖いときって、振り返ることできないよね。ね、ね、そうだよね。皆、同じだよね。いちいち言うまでもなく、皆、わかってくれるよね。

という、「わたし」の心の声を透かし見ることができるわけです。とても面白い。

メモ

再び、誰もいないのにピアノが鳴る
↓恐怖が高まり、逃げようとする「わたし」

16 湿気を孕《はら》んだ一陣の風のわたしを送るのを感じながら。……

さあ、私が「お、お、お……？」って思った、この一節。皆さんは、ここを読んで、どんなことを感じ、あるいは、考えますか？

「湿気を孕んだ一陣の風」が吹いている——起きている出来事としては、単にそれだけのことなのでしょうが……でも、この一節はおそらく、生じた現象を客観的に描写しているだけではない。

繰り返しますが、いま、「わたし」は、オカルト現象に遭遇して恐怖にとらわれています。そうした文脈から読むなら、この一節に、何かただならぬものが感ぜられてしまうのではないでしょうか。

作品『ピアノ』の語り手は、明らかに、ここでの語りを目立たせようとしています。つまり私たち読者に対して、「ここ、ちょっと注目してね……」とアピールしているんです。

なぜ、そう言えるか。

小学校や中学校の国語の授業で、詩や文学などでよく用いられる表現技法の勉強をした、そんな記憶のある方々も少なくないかと思います。

表現技法——例えば、比喩ですね。たとえ表現。「あの人は太陽のようだ」みたいに「ようだ」などの言い方で比喩であることをはっきりと示すと直喩、「あの人は太陽だ」みたいに、「ようだ」などを用いないと隠喩、などと覚えましたよね。

この一節、お気づきの方もいらっしゃるかと思いますが、実は、表現技法がいくつか使われているんです。

「湿気を孕んだ一陣の風のわたしを送る」とありますね。

ここでの「送る」は、どういう意味でしょうか。やはりコトバンクで調べてみましょう。

おく・る【送る】

〔動ラ五（四）〕

1㋐物や情報などを、先方に届くようにする。「荷物を―・る」「信号を―・る」「視線を―・る」

㋑人を、ある役割をもたせて差し向ける。派遣する。「刺客を―・る」「企業に人材を―・る」

㋒管轄を移す。「身柄を検察庁に―・る」

2㋐行く人・去る人に付き従ってある所まで一緒に行く。「駅まで車で―・る」

㋑去って行く人に別れを告げる。見送る。「遠征する選手を駅で―・る」「卒業生を―・る」

㋒遺体に付き従って墓地まで行き葬る。また、死者を見送る。葬送する。「旧友を悲しみのうちに―・る」

3時を過ごす。「失意の日々を―・る」

4順々に先に移動させる。「手渡しでバケツを―・る」「バントで走者を次の塁に―・る」

5送り仮名をつける。「活用語尾を―・る」


（コトバンク「デジタル大辞泉」より）

ドンピシャ！でこれ、という意味を見つけるのはちょっと難しいかもしれませんが、ただ、「わたし」はいま、恐怖のあまりこの場を足早に去ろうとしているのですから、たぶん、ここでの「送る」の意味は、2の㋑「去って行く人に別れを告げる。見送る」ですよね。

はて――「送る」すなわち「去って行く人に別れを告げる。見送る」という動作をするのは、普通は、人、ですよね。

では、「湿気を孕んだ一陣の風のわたしを送る」という表現ではどうか。

はい、「送る」という動作をしているのは、「湿気を孕んだ一陣の風」つまり「風」となっています。

思い出した方もたくさんいらっしゃるでしょう。ここには、〝人以外のものについて、あたかも人であるかのように言い表す〟技法、つまりは擬人法が用いられているのですね。

もう一つ、今度はいま参照している一節を含む文全体を見てみましょう。


わたしは匆論振りかへらずにさつさと足を早めつゞけた、湿気を孕んだ一陣の風のわたしを送るのを感じながら。……

この文、語順が一般的な文と違ってしまっていることに気づいたでしょうか。普通は「湿気を孕んだ一陣の風のわたしを送るのを感じながら」は文の最後には来ない。本来(?)なら、「わたしは匆論振りかへらずにさつさと足を早めつゞけた」が文の最後に置かれるはずなんです。

湿気を孕んだ一陣の風のわたしを送るのを感じながら、わたしは勿論振りかへらずにさつさと足を早めつゞけた。……


これが、標準的な順番の組み立て方であるはずです。

それを、ひっくり返してしまっている。

いわゆる、倒置法というやつですね。

というわけで、この一節は、語り手が表現技法を用いて、〝他の語りとは、ちょっと違うよ！　着目して！〟ってアピールしているわけですね。であるなら、少し立ち止まって、この表現の意味するところを考えてみるのも一興です。

先ほど私は、「この一節に、何かただならぬものが感ぜられてしまうのではないでしょうか」と言いました。何しろ怪奇現象が生じて、「わたし」が恐怖している場面ですからね。

オカルト現象が起きる。

恐怖する。

そこに吹く、さも意味ありげな、「湿気を孕んだ一陣の風」――。

私はここに、昔ながらの怪談にありがちな、幽霊の登場シーンにおけるお約束の表現を思い出しました。「するとそのとき、生暖かい風が……」みたいなやつですね。お芝居であるなら、「ひゅ〜どろどろ〜」などと効果音がつくかもしれません。

「生暖かい風」と「湿気を孕んだ一陣の風」。

完全に一致するわけではないですが、私にはどうしてもこの「湿気を孕んだ一陣の風」が、怪談の常套句「するとそのとき、生暖かい風が……」のバリエーションに思えて仕方ありません。だって状況的にぴったりじゃないですか……。

この、私の解釈が仮に妥当であるとするならば、ここで確認したいことが、二つあります。

まず、『ピアノ』の語り手「わたし」は、私たち読者に対して、ひとりでに鳴るピアノの音について、幽霊やオカルト現象として読むよう指示しているということです。

次に、この一節が私の読み通り、おどろおどろしい雰囲気を表現するためのものであったなら、ここで語り手は、意図的に演出をしている、ということです。「それが何か?」と思う人もいるでしょうが、この『ピアノ』という作品、小説というより、むしろノンフィクションっぽく感じられませんか? 虚構の創作というより、実際に起きた出来事をそのまま語っているような。そしてたぶん、ここで語られている出来事は、作者である芥川龍之介が、本当に経験したことであるのでしょう。

とはいえ、この『ピアノ』は、事実としての出来事をそのまま語っているわけではない。語り手は、創作として、現実を組み立て直しているはずです。だって、こうやってわざとらしいほどの演出をしているのですから。

つまりこの作品は、たとえ事実に基づくものであったとしても、でも、それでもやはりフィクションであるということです。そしてフィクションであるからには、例えば表現、構成、語り方云々……によって、語り手は、私たち読者を楽しませようと、あるいはより物語に深く引き込んでやろうと、様々な仕掛けを用意しているはず。そうした仕掛けのありかを探し、そこに何かしらの意味を解釈していく——この掌編『ピアノ』は、そんな楽しみ方もできるということですね。

メモ　オカルトとして読むことを指示する語り手

17　わたしはこのピアノの音に超自然の解釈を加へるには余りにリアリストに違ひなかつた。

〈○○するにはあまりに□□だ〉という構文が用いられていますね。これは言い換えれば、〈あまりに□□で、○○することができない〉ということです。つまりこの一文は、

わたしはあまりにリアリストゆえ、このピアノの音に超自然の解釈を加えることができない

ということを言っているわけです。

では、「リアリスト」とは何か。コトバンク「精選版 日本国語大辞典」には、以下のような解説が載っています。

〈名〉（realist）
① 現実を尊重して第一義と考える人。現実主義者。現実派。また、実際の利害を重んずる人。打算的な人。レアリスト。

※或る女（1919）〈有島武郎〉後「あなたは又大したリアリストね」
②芸術上で、写実主義者。写実派。
※若き読者に訴ふ（1924）〈片岡鉄兵〉四「自然主義と同様の平面上にある日本のリアリストに」
③哲学で、実在論者。実体論者。
※物理学と感覚（1917）〈寺田寅彦〉「此の意味で凡ての科学者は幼稚な実在派（リアリスト）である」

ここは芸術や哲学といった文脈ではないので、①の意味で理解しておきましょうか。ただ、「利害」云々というのも明らかに関係ないですよね。ここでの「リアリスト」は、「現実を尊重して第一義と考える人」あるいは「現実主義者」といった語義で用いられていると言えそうです。

ところで、現実の反対はなんでしょう？　これも試しにコトバンク「精選版　日本国語大辞典」で「現実」を調べてみると……、

（空想、理想などに対して）事実として目の前にあらわれているものごとや状態。また、現在、実際に存在していること。

という語義が解説されていました。「空想、理想などに対して」とありますね。つまり「現実主義者」とは、〈空想などを認めず、現実を重視する人〉等の意味であることがわかります。すると、

わたしはあまりにリアリストゆえ、このピアノの音に超自然の解釈を加えることができない

というのは、

わたしは空想などを認めない現実主義者ゆえ、このピアノの音に超自然の解釈を加えることができない

といったふうに言い換えることができる。
さらに、「超自然」という概念について考えてみましょう。
この語句は、もちろん、「超／自然」と分解することができます。

まず、「自然」というのはまあ「自然」のことでしょうから、ここでは、「超」について調べてみたいと思います（本当は「自然」という概念は非常に難しく、かつ、調べるといろいろと面白いことがわかるのですが、今回はスルーします）。

ちょう テウ【超】

［1］〈接頭〉名詞に付いて、程度がそれ以上であること、また、それをさらに逸脱するものであることを表わす。「超満員」「超高速」など。

※善の研究（1911）〈西田幾多郎〉一「抽象的概念といっても、決して超経験的の者ではなく」

［2］〈副〉俗に、程度が普通以上であるさまを強調していう。「超うれしい」「超こわい」など。

※超人探偵（1981）〈小林信彦〉悪魔が来りて法螺を吹く「超忙しい私は、それっきり、事件の話を忘れた」

（コトバンク「精選版 日本国語大辞典」より）

「超／自然」の「自然」は名詞ですから、［1］の意味でとったほうがよさそうですね。

しかし［1］にも、

・程度がそれ以上であること
・それをさらに逸脱するものであること

という、微妙に異なる語義が紹介されています。さて、はたしてどちらの意味で解釈すると、文脈に即したものとなるか……。

繰り返しますが、いま読み取っている文は、

わたしは空想などを認めない現実主義者ゆえ、このピアノの音に超自然の解釈を加えることができない

という意味を表しています。ここには、「わたし」について、

因 現実主義者↓(したがって)↓果 超自然の解釈はできない

という因果関係が示されています。つまり、「現実」と「超自然」とが、対立関係において捉えられているわけですね。となるとここでの「超自然」の「超」は、自然のありよう（≒現実）を「逸脱するものである」という意味を担っていることになるはずです。要するに、〈自然の現象を逸脱した〉すなわち〈自然界においては起こるはずのない〉という意味で、「超自然」と言っているのですね。つまりは、オカルト、超常現象、怪奇現象……などという意味とほぼ同義の語句と考えてよさそうです。

わたしは空想などを認めない現実主義者ゆえ、このピアノの音にオカルト的な解釈を加えることができない

この文は、こうしたことを言っているわけです。

メモ　わたし＝現実主義者↓オカルトは認められない

18 成程人かげは見えなかつたにしろ、あの崩れた壁のあたりに猫でも潜んでゐたかも知れない。若し猫ではなかつたとすれば、――わたしはまだその外にも鼬《いたち》だの蟇《ひき》がへるだのを数へてゐた。

「あの崩れた壁のあたりに猫でも潜んでゐたかも知れない」――というのは、つまり、現実主義者であってオカルトなど到底認めることのできない「わたし」が、誰もいないのにピアノが鳴るという不可思議な現象の原因について、「猫」が鍵盤を踏みでもしたのだろうかと考えているわけですね。少し小難しい言い方をするなら、超常現象を超常現象として認めたくない「わたし」が、その出来事についての合理的な理由を探しているわけです。

面白いのは、「猫」以外にも、「鼬」や「蟇がへる」など、「その外」にも様々な〝合理的な原因〟の候補を挙げていること。

ここにはいったい、「わたし」のどのような心情を読み取ることができるか。

もちろん、現実主義者としてオカルトを徹底的に否定するというこだわりはあるでしょう。と同時に、思い出してください、15あたりでも解釈したように、「わたし」はここで、かなりの恐怖を感じているわけです。

リアリストなら、オカルトなど信じないわけだから恐怖を感じる必要はないでしょ？　そうつっこみたくなるところですが、こうしたところに、なんというか、人間の人間たる所以《ゆえん》というか、いかにも滑稽でユーモラスなありようも感じられますよね。
ともあれ、「わたし」は〝誰もいないのにピアノが鳴る〟という出来事について、恐れを感じている。そんな「わたし」が執拗《しつよう》なほどに〝出来事の合理的な原因〟を見つけようとしているわけですから――「わたし」の恐怖心は、おそらく相当のものであったのだろうと読むことができます。「うそだろ、おい、ひとりでにピアノ鳴るわけないじゃん……絶対に、猫か何かが鳴らしたんだって……うそだって……嫌だよ怖ぇーよ、勘弁してよ……」という心の声が聞こえてきそうです。もう必死です。なんとかして〝合理的な原因〟を見つけないことには、怖くて怖くて、どうしようもないのです。

メモ　現実主義者として、あるいは恐怖心から、出来事の合理的な原因を必死で探そうとする「わたし」

19　**けれども兎《と》に角《かく》人手を借らずにピアノの鳴つたのは不思議だつた。**

「けれども」というのは、もちろん、直前の「わたしはまだその外にも鼬《いたち》だの蟇《ひき》がへるだのを数へてゐた」に対する「けれども」です。つまり、

わたしはまだその外にも鼬《いたち》だの蟇《ひき》がへるだのを数へてゐた（＝現実主義者として、あるいは恐怖心から、誰もいないのにピアノが鳴るという出来事の合理的な原因を必死で考えた）

↓

けれども

↓

…………

――ということですね。

となると、いま「…………」で示した箇所には、当然、〝そうした原因を見つけることができなかった〟ということが述べられているはずです。ところが実際には、「兎《と》に角《かく》人手を借らずにピアノの鳴つたのは不思議だつた」と語られています。

ここにはちょっとした飛躍があります。

だって、段階を踏んで考えるなら、〝そうした原因を見つけることができなかった〟ということをまず述べ、それから、そのことについて「人手を借らずにピアノの鳴つたのは不思議だつた」と吐露するのが論理的なプロセスであるはずです。整理するなら、

わたしはまだその外にも鼬《いたち》だの蟇《ひき》がへるだのを数へてゐた（＝現実主義者として、あるいは恐怖心から、誰もいないのにピアノが鳴るという出来事の合理的な原因を必死で考えた）

←

けれども

←

そうした原因を見つけることができなかった

←

人手を借らずにピアノの鳴つたのは不思議だつた

などと記述するのが正確な説明ということになる。それを、〝そうした理由を見つけることができなかった〟ということを飛ばしてしまっているという点について、「ちょっとした飛躍」と指摘したわけです。

ただ――この「飛躍」が、逆に面白い。

なぜって、この正確あるいは論理的な説明をすることができないという「わたし」のありよう自体に、「わたし」の動揺が表れているとも読むことができるからです（少し強引かな？笑）。

あるいは、ここで「兎《と》に角《かく》」とくるのもユーモラスです。

この「兎《と》に角《かく》」という言葉は、話をまとめるときに使うものですよね。「まああれこれ言ってきたけれど、ここらへんでまとめておくとサ……」みたいなふうに。

でも、まとめるも何も、事態はまったく解決していないんです。まったく何も解決していないにもかかわらず、〝とにもかくにもまとめてしまおう〟だなんて。

汽車の時間が迫っているからでしょうか。

そういえばこの汽車を逃してしまうと、煙草を吸えなくなる。それは「わたし」にとっては是が非でも避けたいところでしたよね。

おそらくは、だから、「兎《と》に角《かく》」とまとめてしまうしかない。

となれば、この段階での「わたし」の胸中を言葉で表すなら、〝もやもや〟といった表現がぴったりかと思います。怖いけど確かめるだけの時間的な余裕はない、不本意だが今日はもう、原因不明のままこの場を離れるしかない――そうした〝もやもや〟が色濃くにじみ出た言葉が、この「兎《と》に角《かく》」であると言えるでしょう。

メモ　怪奇現象の原因がつかめぬまま、悶々としながらその場を離れる「わたし」

20

五日ばかりたつた後、わたしは同じ用件の為に同じ山手を通りかゝつた。ピアノは不相変《あいかわらず》ひつそりと藜の中に蹲《つくば》つてゐた。桃色、水色、薄黄色などの譜本の散乱してゐることもやはりこの前に変らなかつた。

場面は「五日ばかりたつた後」へと移ります。ここに引用した一節を構成する三つの文に、とある共通点があることがわかったでしょうか。

［一文目］同じ用件の為に／同じ山手
［二文目］不相変《あいかわらず》
［三文目］この前に変らなかつた

こう並べると明らかですが、この三つの文は、すべて、状況や光景の具体的な語りを通して、〝無変化〟という同じ内容を述べているわけですね。

では、何について〝無変化〟と言うのか。

それはもちろん、五日前にここで経験した怪異、それが起きた時の状況とまったく同じであるということです。それを、繰り返し、強調している。

となれば、私たち読者は、否が応でもこう考えざるを得ません。すなわち、「また、誰もいないのにピアノが鳴るというオカルト現象が生じるのか――？」、と。

メモ　五日後、再び怪異の予感……？

この「只」、この作品のこの後の展開を決定づけるような、かなり重要な役割を果たしています。

まず、「只」の意味や用法を辞書で確認してみます。「ただ」と読む漢字には、例えば「直・徒・只・唯・但」などがあるのですが、このうち「只」あるいは「徒」などの担う働きについて、いくつかある解説のなかに、以下のようなものが見つかりました。

> ［4］〈接続〉先行する事柄に対して、例外を認めたり、その他の事柄を追記する場合。しかし。ただし。
>
> （コトバンク「精選版　日本国語大辞典」より）

もし、この意味での「只」であるとしたら、これはちょっと意味深なことになる。だって、先ほど確認したように、直前ではしつこいほどに、「五日前にここで経験した怪異、それが起きた時の状況とまったく同じである」ということが繰り返され、強調されていたわけです。そこに、「先行する事柄に対して、例外を認め」る「只」が来た……。

五日前にここで経験した怪異、それが起きた時の状況とまったく同じである

← 只（ただ）

← …………（＝先行する事柄に対する例外）

こう整理するなら、「…………」すなわち「先行する事柄に対する例外」の具体的な内容とは、〝五日前にここで経験した怪異、それが起きた時の状況とは異なること〟であるはずです。もし本当にそうなったなら……そう、物語が一気に展開する可能性があるわけです。

メモ　物語が展開する……？

22 けふはそれ等は勿論、崩れ落ちた煉瓦やスレヱトも秋晴れの日の光にかがやいてゐた。

さあ、きました。

何がって、やはり直前の「只《ただ》」から予測したように、はっきりと「五日前にここで経験した怪異、それが起きた時の状況とは異なること」が示されたわけです。

何がどう異なるか、わかりますか？

五日前、誰もいないのにピアノが鳴るというオカルト現象が起きた時、時刻は夜でしたよね。思えば、そんな摩訶不思議なピアノを照らしていたのは、

ピアノは丁度月の光に細長い鍵盤を仄《ほの》めかせてゐた、あの蓼の中にあるピアノは。

そう、「月の光」だった。そして例えば13などでは、

この怪しくも神秘的な雰囲気をより一層読者に印象づける働きをもつものが、ピアノの「細長い鍵盤を仄《ほの》めかせてゐ」る、「月の光」であったわけです……。

といった解釈もしましたよね。

もうお気づきかと思います。

誰もいないのにピアノが鳴るというオカルト現象、その怪しくも神秘的な雰囲気を演出するための月の光――ではなく、「五日ばかりたつた後」のいま、再び「わたし」の目にしたピアノを照らしているのは、「秋晴れの日の光」なのです……！

このコントラストは、決定的です。

先ほど16で、「湿気を孕《はら》んだ一陣の風のわたしを送るのを感じながら。……」という叙述の解釈をしながら、語り手による「演出」について、以下のようなことを述べました。

つまりこの作品は、たとえ事実に基づくものであったとしても、でも、それでもやはりフィクションであるということです。そしてフィクションであるからには、例えば表現、構成、語り方云々……によって、語り手は、私たち読者を楽しませようと、あるいはより物語に深く引き込んでやろうと、様々な仕掛けを用意しているはずです。

この、ピアノを照らすものの〈月の光→日の光〉という転換は、まさにここに言う「仕掛け」の典型であると言えるでしょう。以下のように整理すると、そのことはさらにはっきりと見えてきます。

・ピアノの照らすもの…月の光→オカルト現象が起きる

（対して）

・ピアノを照らすもの…日の光→［　？　］

こう図式化してみると、「［　？　］」のなかにどのような内容が入るのか、概ねの予想はできますよね。「月」だとオカルト現象が生じるのであるとすると、それならば「日」の場合は……非オカルト的な、すなわち日常的、常識的、あるいは「わたし」の好むような合理的に説明のつく現象が生じるということになるはずです。そしてもちろん、この作品の場合、それは、

誰もいないのにピアノが鳴るという現象の謎が解ける

ということを意味します。

メモ　不可思議な現象の原因が判明する……？

23わたしは譜本を踏まぬやうにピアノの前へ歩み寄つた。ピアノは今目のあたりに見れば、鍵盤の象牙も光沢を失ひ、蓋の漆も剥落してゐた。殊に脚には海老かづらに似た一すぢの蔓草もからみついてゐた。

いざ、ついに近づいてその目ではっきりと見たピアノは——「鍵盤の象牙も光沢を失ひ」、「蓋の漆も剥落してゐ」るような、ボロボロの状態でした。この描写は、やはり、12で見た、

ピアノは丁度月の光に細長い鍵盤を仄《ほの》めかせてゐた、あの藜の中にあるピアノは。

という語りと対照されていると受け取ることができます。とくに、

五日前…月の光に細長い鍵盤を仄《ほの》めかせてゐた

（対して）

五日後…鍵盤の象牙も光沢を失ひ

というコントラストはかなりあからさまとすら言えますよね。そして、「月の光に細長い鍵盤を仄《ほの》めかせてゐた」が、不吉さや神秘性を演出するものであるとするなら、「鍵盤の象牙も光沢を失ひ」というのは、そうした不吉さや神秘性が雲散霧消することを予告する描写である可能性が高い。つまりこの23は、直前の22で解釈した内容を反復し、強調する働きを担っていると考えられます。

メモ　やはり、不可思議な現象の原因が判明する……？

24　わたしはこのピアノを前に何か失望に近いものを感じた。

ここは、とても面白い語りです。

だって、「このピアノ」――つまり、「鍵盤」も「光沢」を失ったボロボロのピアノ、すなわち不吉さや神秘性のヴェールの剥がれたピアノに対して、「わたし」は、「失望」に近い感情を抱いているのですから。

神秘性の喪失への「失望」とは、言い換えれば、神秘性への希求、欲望のこと。

考えてもみてください。

「わたし」は、「リアリスト」を自称していたじゃありませんか。

神秘や幻想、超常現象などは一切認めることのない現実主義者――と自らを述べておきながら、不吉さや神秘性の喪失されたピアノに対して「失望」する――つまりは、神秘性を欲していたということになる。これはどう考えてもつじつまの合わぬ、矛盾した語りであるわけです。

いや、もしかしたら、〝リアリストを自称しながら神秘性を求める〟というような矛盾や葛藤を抱えるメンタリティをこそ、作品は示したかったのかもしれません。このような矛盾した心性こそが、人間というものの本質なのだ、と。

さらには、こんなことを考えてみることもできます。

ピアノをめぐる神秘性の喪失に「失望」していると語る「わたし」の言葉が真であるなら、誰もいないのにピアノが鳴るというオカルト現象に遭遇した際に、「わたし」

は、ある種の興奮というか、ワクワク胸の高鳴るような思いも抱いていたはずです。ところが、そうしたワクワク感を示唆するような語りは、当該の場面では、一切ありませんでしたよね。

語られていたのは、ひたすら、恐怖感ばかりでした。

となれば、こう問いを立てることだってできるわけです。すなわち、「なぜ本当は感じていたはずのワクワク感を、『わたし』はあえて読者に語らなかったのか」、と。

恥ずかしかったのかもしれませんね。

立派な大人が、怪奇現象などにワクワクしてしまうことを吐露するのが。

つまり、本当は抱いていたワクワク感をあえて語らず、恐ろしさをばかり口にするあの場面の語りは、「わたし」の照れ隠しだったのかもしれないわけです。

逆のことも考えられます。

つまり、神秘性を喪失したピアノに「失望」を感じているというのはウソで、すなわち、オカルト現象が生じた際の恐怖感こそが「わたし」の偽らぬ本心であったという可能性です。「わたし」は心底から不気味なこと、怪奇現象を恐れるような性格であって、今回は、そうした摩訶不思議な現象がどうやら起きそうにもないという雰囲気があればこそ、「失望」しただなんて、強がっている――そうした解釈だってできます。

メモ　ピアノからの神秘性の剥落↓失望する「わたし」？

25「第一これでも鳴るのかしら。」／　わたしはかう独り語を言つた。するとピアノはその拍子に忽《たちま》ちかすかに音を発した。それは殆どわたしの疑惑を叱つたかと思ふ位《くらい》だつた。

なぜ「わたし」は、ピアノの音について「殆どわたしの疑惑を叱つたかと思ふ位だつた」と感じたのでしょうか。

「わたしの疑惑」というのは、もちろん、「第一これでも鳴るのかしら」という「わたし」の言葉に表されている、〝こんなボロボロのピアノが音を発することなどあるのだろうか〟という疑いを指しています。

これをピアノの立場から言うなら、ピアノは、〝お前はもうこんなにボロボロなのだから、音など鳴らすことはできないのだろう？〟と馬鹿にされたに等しい。

「わたし」はこの一瞬の間に、おそらく、そうしたことを考えたのでしょう。だから、

「うわ、ピアノのやつ怒ってるよ」と感じた――もちろん、あくまで「かと思ふ位だつた」という誇張的な言い方ではありますが、少なくとも「わたし」は、語りのうえで、ピアノに人間と同じような心の存在を重ね合わせ、そして、その思いを想像しているわけです。

メモ　ピアノに心の存在を想定し、その思いを忖度《そんたく》する「わたし」

26　しかしわたしは驚かなかつた。のみならず微笑の浮んだのを感じた。ピアノは今も日の光に白じらと鍵盤をひろげてゐた。が、そこにはいつの間にか落ち栗が一つ転がつてゐた。

期待通りの展開でしたね。

五日前の夜と同じく、再び、ピアノは、誰もいないのに音を鳴らしました。けれども、今度は、「わたし」は少しも怖がらず、むしろ「微笑」を浮かべています。思わず頬が緩んだのは、ようやく理由をつかめたことの安堵ゆえでしょうか、それとも、五日前の夜の自身の狼狽《ろうばい》ぶりを気恥ずかしく思い出しているからでしょうか、あるいは、〝真犯人〟の、あまりにもかわいらしくほほえましい姿を目にしたためでしょうか——なんといっても、ピアノの鍵盤を鳴らしていたのは、「落ち栗」であったのですから。

ここで私は、ハッと気づきました。

この芥川龍之介『ピアノ』という作品、もしかしたら、あの言葉のパロディなのかもしれない、と。

あの言葉。

あの言葉あの言葉あの言葉……以前、どこかで耳にしたか目にした、確か、「幽霊かと思ってビビッてたが、よくよく確かめたらその正体はススキでした」みたいな……ええっと、なんていう言葉だったか……ひとまず、「幽霊」「正体」「ことわざ」で検索をかけてみよう……ああ、そうだそうだ、これこれ、

幽霊の正体見たり枯れ尾花

だった！

コトバンク以外にもたくさんのサイトが引っ掛かりましたが、ここはやはり、コト

バンクに頼ってみましょう。

幽霊だと思って怖がっていたものをよく見ると、風にゆれる枯れすすきであった。薄気味悪く思うものも、その正体を確かめてみると、実は少しも怖いものではないというたとえ。怖い怖いと思うと、なんでもないものまでとても恐ろしく感じられるものである。疑心暗鬼。

使用例 諺《ことわざ》に「幽霊の正体見たり枯れ尾花」とあるごとく、つまらぬものを見て直ちに天狗なりと思うものである〔井上円了＊迷信解―1904〕

解説 横井也有《よこいやゆう》の句「化物の正体見たり枯れ尾花」が変化したものといわれます。

（コトバンク「ことわざを知る辞典」より）

うーん、まさに、ですね。「風にゆれる枯れすすき」を「落ち栗」と言い換えれば、そのまま「ピアノ」の説明に使えそうな文章です。

「使用例」の掲載されているのも嬉しいですね。井上円了という人物が、このことわざを引きながら、「つまらぬものを見て直《ただ》ちに天狗なりと思うものである」と述べています。「天狗」とはすなわち幽霊や化け物の例でしょうから、この人物は、「幽霊も化け物もいないんだよ！　人は、どうでもいい取るに足らない物を、勘違いして幽霊だとか化物だとかって思い込んでしまうんだ」といった旨を言っているのだとわかります。

せっかくですから、「井上円了」で検索してみましょうか。ウィキペディアには、まず、以下のような人物紹介がありました。

井上円了（井上圓了、いのうえ えんりょう、1858年3月18日（安政5年2月4日）―1919年（大正8年）6月6日）は、日本の仏教哲学者、教育者。

なんと江戸時代の生まれの人なんですね。続けて、「多様な視点を育てる学問としての哲学に着目し、哲学館（現、東洋大学）を設立した」とも説明されています。

……おっと、今回の話題に関係のありそうな「妖怪の批判的研究」という項目が見つかりました。

哲学者として著名な円了であるが、いわゆる妖怪研究を批判的（critical）に行った人物としても知られる。

なるほど、「妖怪研究」を「批判的」に行ったとあります。きっと、「妖怪」なぞ「つまらぬもの」をそれと見間違えたものに過ぎない、ということを実証しようとしたのでしょう。

円了は『妖怪学』『妖怪学講義』などでそれぞれの妖怪についての考察を深め、当時の科学では解明できない妖怪を「**真怪**」、自然現象によって実際に発生する妖怪を「**仮怪**」、誤認や恐怖感など心理的要因によって生まれてくる妖怪を「**誤怪**」、人が人為的に引き起こした妖怪を「**偽怪**」と分類し、例えば仮怪を研究することは自然科学を解明することであると考え、妖怪研究は人類の科学の発展に寄与するものという考えに至った。

妖怪についての分類が面白いですね。「幽霊の正体見たり枯れ尾花」そしてもちろん、『ピアノ』の前半に描かれた怪異現象は、「誤認や恐怖感など心理的要因によって生まれてくる妖怪」としての「誤怪」ということになりましょう。

「ことわざを知る辞典」の「使用例」には、この井上円了の言葉の出典も『迷信解』と明記されていますね。さて、著作権の切れた作品を無料で公開するサイトである青空文庫には、この『迷信解』は公開されているでしょうか……「青空文庫」「迷信解」で検索してみると……ありました！　いや、青空文庫、本当にすごい……。

どうやらかなり長い論考らしいので、その「緒言」の一部だけを引用しておきます。


今般文部省にて編纂《へんさん》せられたる『国定小学修身書』を一読するに、その中に迷信の課題ありて、懇切に迷信に関する注意を与えられしも、その文簡短にして、小学児童の了解し難きところなきにあらず。よって余は『修身書』にもとづき、その中に指示せられたる各項を敷衍《ふえん》詳解して、小学および家庭における児童をして、一読たちまち各種の妖怪を解し、迷信を悟らしむるの目的をもって、本書を講述したり。（後略）

https://www.aozora.gr.jp/cards/001021/files/49373_39852.html

日付は「明治三十七年七月」とあります。文部省——いまで言う文部科学省が編集した、小学生のための「修身」のテキストを批評していることがわかります。ちなみに「修身」というのは、いまで言う「道徳」の授業のこととお考えください。

「小学児童の了解し難きところなきにあらず」とありますね。小学生の子どもには、理解しにくいところもある、という指摘です。ですから井上は、このテキストをやさしく解説し、「妖怪」なぞ「迷信」に過ぎないものだと子どもたちに悟らせるために、この「迷信解」を著したと宣言しているわけですね。

逆に言えば、井上の頭のなかには、「きちんと説明すれば、小学生だって、妖怪など迷信に過ぎないことは理解できる」という信念があったことになります。

そういえば、『ピアノ』の語り手である「わたし」は、すでに思慮分別を身に付けた大人でしたよね。

『迷信解』の「緒言」から読み取れる井上円了の信念と対照するなら、〝大人である にもかかわらず、「枯れ尾花」――いや、落ちた栗の実の鳴らせたピアノの音を、幽霊か何かのしわざかもしれないと思ってしまった「わたし」の滑稽ぶり〟が、よりユーモラスに感じられるのではないでしょうか。

メモ

ピアノを鳴らした〝真犯人〟＝鍵盤に落ちた栗の実
／作品に漂うユーモラスな空気

27 わたしは往来へ引き返した後、もう一度この廃墟をふり返つた。やつと気のついた栗の木はスレヱトの屋根に押されたまま、斜めにピアノを蔽《おお》つてゐた。けれどもそれはどちらでも好《よ》かつた。

「けれどもそれはどちらでも好かつた」という一文、実は、なかなかに解釈が難しいんですね。

「どちらでも」と言う以上は、何かと何かを比べているわけです。そのうえで、「どちらでも好かつた」、つまり、そのどちらか一方に限定する必要などない、と述べている。

では、ここで言う〝何かと何か〟とは、いったい何か。

「それはどちらでも好かつた」の「それ」に着目するなら、この「それ」は、「やつと気のついた栗の木」すなわち、〈ピアノの鍵盤を鳴らした〝真犯人〟が栗であったこと〉を指し示しているはずです。そしてそうした「やつと気のついた」事実について、「わたし」は、「どちらでも好かつた」と言う。するとここに、

〈どちらでも好かつた〉

X：ピアノを鳴らしたのは栗の実

（と）

Y…［？］

↓XとYのどちらか一方に限定する必要はない

という対比に基づく分析を図式化することができます。

……となれば、Yの［？］に挿入される内容もおのずと明らかになりますよね。

ピアノを鳴らしたものについて、Xでは栗の実、そしてそれと対照される内容がY、と考えるなら……、

〈どちらでも好かつた〉

X…ピアノを鳴らしたのは栗の実

（と）

Y…ピアノを鳴らしたのは幽霊か何か

↓XとYのどちらか一方に限定する必要はない

というように整理することができるはずです。

ピアノを鳴らしたのは栗でも幽霊でもどちらでもかまわない……！

そんなばかな！　だって、直前の語りで、ピアノを鳴らしたのが栗の実であることは明言されていたじゃないか。幽霊だなんていう可能性は、この時点で、0になっているじゃないか。それを、「どちらでも好かつた」などと、なぜ言える――？

……直前の語りで、ピアノを鳴らした〝真犯人〟が栗の実であると明言されていた
――ので、しょうか。

26で引用した箇所を、再度、参照してみましょう。


しかしわたしは驚かなかつた。のみならず微笑の浮んだのを感じた。ピアノは今も日の光に白じらと鍵盤をひろげてゐた。が、そこにはいつの間にか落ち栗が一つ転がつてゐた。

状況証拠的に、ピアノを鳴らしたのは明らかに栗の実です。しかし、「わたし」はそれを直接には断言していない。あくまで、そうであるということを示唆する語り方しかしていないですよね。

逆に言えば、このように「落ち栗」が〝真犯人〟であることをそれとなく間接的にしか示さないことによって、そこにはほんのちょっとだけ、余地が生まれる。「ピアノを鳴らしたのは、やはり幽霊だったのかもしれない」という余地が。

ピアノを鳴らしたのは、ほぼ間違いなく栗だけれど、ただ、幽霊であった可能性も完全に消えたわけではない……。

「わたし」の語りによってこのような前提が生まれるからこそ、そう、

　けれどもそれはどちらでも好かつた。

という言い方も可能になるのですね。

ピアノを鳴らしたのは栗でも幽霊でもどちらでもかまわない——それは言い換えるなら、24で確認したような、〈リアリストである自分と、にもかかわらず神秘を求めてしまうという葛藤〉を、「わたし」が乗り越えたということであるはずです。そしてそのような乗り越え——リアリズムとオカルティズムの統合——をもたらしたもの、あるいはそれ自体を象徴するものとして、この物語におけるピアノは、読み換えられ

ることになるわけです。

メモ ピアノ=リアリズムとオカルティズムの統合の象徴

28 わたしは只藜の中の弓なりのピアノに目を注いだ。あの去年の震災以来、誰も知らぬ音を保つてゐたピアノに。

このように、「わたし」の視線がピアノに向けられるところで、この掌編『ピアノ』は閉じられます。ですから、私たち読者は、想像されるこのピアノを脳裏に焼きつけたまま、この作品を閉じることになる。

思い浮かべてみてください。

荒廃する町のなかで、ずっと、「誰も知らぬ音」を「保つてゐたピアノ」の姿を。

物語の前半において、ピアノは、不気味な怪奇現象を引き起こすものでした。しかし後半で、その神秘性は剝ぎ取られます。そこで「わたし」は「失望」を感じていたのですから、神秘性の喪失とは、すなわち、ピアノの価値の毀損を意味することになります。ところがその後、ピアノはオカルティズムとリアリズムの葛藤を乗り越えた、より高次の存在へと生まれ変わったのでしたよね。

そんな、ピアノなんです。

そんなピアノが、この、「あの去年の震災以来、誰も知らぬ音を保つてゐたピアノ」なんです。

ピアノは、「わたし」の目に、きっと、尊いものとして映っていたはずです。「誰も知らぬ」というところに着目するなら、気高い孤高の存在として映っていたはずです。

誰に知られることもなく自らの音を保ち続けてきたピアノが、いま、自分の眼の前で、合理と超常の対立を超越した――。

「わたし」は、そんなピアノに対し、畏敬の念を抱いているに違いありません。

物であるピアノに畏敬の念を抱くなどおかしい？　いえいえ、25で確認したように、「わたし」はピアノを、人と同じような心あるものとして語っていましたよね。

だから、畏敬の念とて抱き得る。

そして読者も、そうした「わたし」の思いに同調しながら、このピアノを、心の中に描きます。そこにはきっと、一幅《いっぷく》の絵のような美しい光景が広がっているのでしょう。

物語の序盤の、あの、陰鬱とした雰囲気は、もはやどこにも感じられません。

メモ

高次な存在としてのピアノがまとう、尊さ。
そんなピアノへの畏敬の念

第2章 梶井基次郎『桜の樹の下には』

梶井基次郎『桜の樹の下には』

出典　青空文庫　＊ルビは随時こちらで補っています。

桜の樹の下には屍体《したい》が埋まっている！

これは信じていいことなんだよ。何故《なぜ》って、桜の花があんなにも見事に咲くなんて信じられないことじゃないか。俺はあの美しさが信じられないので、この二三日不安だった。しかしいま、やっとわかるときが来た。桜の樹の下には屍体が埋まっている。これは信じていいことだ。

どうして俺が毎晩家へ帰って来る道で、俺の部屋の数ある道具のうちの、選《よ》りに選ってちっぽけな薄っぺらいもの、安全剃刀の刃なんぞが、千里眼のように思い浮かんで来るのか――おまえはそれがわからないと言ったが――そして俺にもやはりそれがわからないのだが――それもこれもやっぱり同じようなことにちがいない。

いったいどんな樹の花でも、いわゆる真っ盛りという状態に達すると、あたりの空気のなかへ一種神秘な雰囲気を撒き散らすものだ。それは、よく廻った独楽《こま》が完全な静止に澄むように、また、音楽の上手な演奏がきまってなにかの幻覚を伴うように、灼熱《しゃくねつ》した生殖の幻覚させる後光のようなものだ。それは人の心を撲《う》たずにはおかない、不思議な、生き生きとした、美しさだ。

しかし、昨日、一昨日、俺の心をひどく陰気にしたものもそれなのだ。俺にはその美しさがなにか信じられないもののような気がした。俺は反対に不安になり、憂鬱《ゆううつ》になり、空虚な気持になった。しかし、俺はいまやっとわかった。

おまえ、この爛漫《らんまん》と咲き乱れている桜の樹の下へ、一つ一つ屍体が埋まっていると想像してみるがいい。何が俺をそんなに不安にしていたかがおまえには納得がいくだろう。

馬のような屍体、犬猫のような屍体、そして人間のような屍体、屍体はみな腐爛《ふらん》して蛆《うじ》が湧き、堪《たま》らなく臭い。それでいて水晶のような液をたらたらとたらしている。桜の根は貪婪《どんらん》な蛸《たこ》のように、それを抱きかかえ、いそぎんちゃくの食糸のような毛根を聚《あつ》めて、その液体を吸っている。

何があんな花弁を作り、何があんな蕊《しべ》を作っているのか、俺は毛根の吸いあげる水晶のような液が、静かな行列を作って、維管束のなかを夢のようにあがってゆくのが見えるようだ。

――おまえは何をそう苦しそうな顔をしているのだ。美しい透視術じゃないか。俺はいまようやく瞳《ひとみ》を据えて桜の花が見られるようになったのだ。昨日、一昨日、俺を不安がらせた神秘から自由になったのだ。

二三日前、俺は、ここの溪《たに》へ下りて、石の上を伝い歩きしていた。水のしぶきのなかからは、あちらからもこちらからも、薄羽かげろうがアフロディットのように生まれて来て、溪の空をめがけて舞い上がってゆくのが見えた。おまえも知っているとおり、彼らはそこで美しい結婚をするのだ。しばらく歩いていると、俺は変なものに出《で》喰《く》わした。それは溪の水が乾いた磧《かわら》へ、小さい水溜を残している、その水のなかだった。思いがけない石油を流したような光彩が、一面に浮いているのだ。おまえはそれを何だったと思う。それは何万匹とも数の知れない、薄羽かげろうの屍体だったのだ。隙間なく水の面を被っている、彼らのかさなりあった翅《はね》が、光にちぢれて油のような光彩を流しているのだ。そこが、産卵を終わった彼らの墓場だったのだ。

俺はそれを見たとき、胸が衝《つ》かれるような気がした。墓場を発《あば》いて屍体を嗜《この》む変質者のような残忍なよろこびを俺は味わった。

この溪間ではなにも俺をよろこばすものはない。鶯《うぐいす》や四十雀《しじゅうから》も、白い日光をさ青に煙らせている木の若芽も、ただそれだけでは、もうろうとした心象に過ぎない。俺には惨劇が必要なんだ。その平衡があって、はじめて俺の心象は明確になって来る。俺の心は悪鬼のように憂鬱に渇いている。俺の心に憂鬱が完成するときにばかり、俺の心は和《なご》んでくる。

——おまえは腋《わき》の下を拭《ふ》いているね。冷汗が出るのか。それは俺も同じことだ。何もそれを不愉快がることはない。べたべたとまるで精液のようだと思ってごらん。それで俺達の憂鬱は完成するのだ。

ああ、桜の樹の下には屍体が埋まっている！

いったいどこから浮かんで来た空想かさっぱり見当のつかない屍体が、いまはまるで桜の樹と一つになって、どんなに頭を振っても離れてゆこうとはしない。

今こそ俺は、あの桜の樹の下で酒宴をひらいている村人たちと同じ権利で、花見の酒が呑《の》めそうな気がする。

前章で芥川龍之介『ピアノ』を読んだ際には、〈一節ずつ、語りの順番通りに意味を解釈していく〉という読み方を実践してみました。今回は、少しだけ趣向を変えて読み込んでみたいと思います。

前回の『ピアノ』にしても、今回読む梶井基次郎『桜の樹の下には』にしても、文学作品としては〝超短編〟と言えるジャンルです。もしくは、手のひらサイズのコンパクトな作品ということで、〝掌編〟などと呼ばれることもあります。

超短編、あるいは掌編。

こうした作品を読む際の楽しみ方の一つは、間違いなく、何度も何度も読み返し、解釈を深めていく、という読み方を実践しやすい点にあると言えるでしょう。

いわゆる、再読（あるいは三読、四読）の楽しみですね。

というわけで、今回この『桜の樹の下には』については、すでに皆さんが全体を読み込んでいることを前提としてあれこれと解釈を実践していきたいと思います。もし、本章の冒頭に引用した『桜の樹の下には』について、まだ読んでいない、あるいはざっと目を通してみただけ、という人は、ここから先を読み進める前に、いったん本章の冒頭に戻り、『桜の樹の下には』の全体をじっくり読み込んでみてください。ただ読

むだけでもいいですが、

ん……？　ここ、何言っているんだろう……

え？　は？　え？

とか、

などと思ったり感じたりする箇所があれば、線を引いておくなり〝？マーク〟を書き込んでおくなりしておくとよいかもしれません。きっと、たくさん、そういった叙述が見つかるはずです。

01 桜の樹の下には屍体《したい》が埋まっている！

まずはこの冒頭の一文こそ、「何言っているんだろう」あるいは「え？　は？　え？」となってしまう箇所ですよね。文の構造として難しいところは別段ないし、語彙についても、辞書を確認せねばならぬようなものは使われていません。文の表わそうとしている意味は、そのまま理解できるはずです。

とはいえ——というか、であればこそ？——、この文が、いったいどのようなメッセージを、あるいは、含意を伝えようとしているのか、まったくわけがわからない。

作品の冒頭や序盤に〝わけのわからないこと〟や矛盾したこと、飛躍した内容などを示すことで、読者に「!?」と思わせる——こうした語り方は、ある意味で文学の常套手段です。「!?」というのは、つまりは謎のことですよね。このような語り方は、冒頭や序盤において読者に謎を持たせることで、

この後、この謎はどのように解決されていくのだろう？

という思いを抱かせることになります。そしてそうした興味、関心こそが、読者の読みをリードしていくものとなる。前章で読んだ『ピアノ』もまた、誰もいないのにピアノが鳴るという謎を提示し、語りのなかでその謎を解き明かしていくという構成をとっていました。

提示されたわけのわからなさ、矛盾、飛躍――等々の謎、『桜の樹の下には』では、それはまず、

「桜の樹の下には屍体《したい》が埋まっている!」という文が伝えようとするメッセージや含意がわからない!

というものとして立ち現れます。単語や文法規則によって直接的に表現されている意味が明白であればこそ、逆にこの謎も強烈なものとして印象づけられることになるでしょう。

だから、私たちはこの一文に、続く語りの読み方を誘導される。

すなわち2行目以降の語りを、謎を解くうえでのヒントとして読むことになるわけです。

メモ

桜の樹の下には屍体《したい》が埋まっている!
↓わけがわからない＝謎
↓この謎は、どう解消される?

02 これは信じていいことなんだよ。何故《なぜ》って、桜の花があんなにも見事に咲くなんて信じられないことじゃないか。

冒頭の「これ」は、もちろん、直前の「桜の樹の下には屍体が埋まっている！」を指しています。その言葉を、「信じていい」と言う。

あるいは、二つ目の文の冒頭「何故って」は、理由について説明することを予告する言葉ですよね。

したがって、ここに引用した二つの文は、

桜の花は信じられないほどに見事に咲くのだから、「桜の樹の下には屍体が埋まっている！」という言葉は信じていいのだ

などと言い換えられます。図式化するなら、

理由　信じられないほどに桜の花は見事に咲く

↑（だから）

主張　「桜の樹の下には屍体が埋まっている！」というのは真実である

などと整理できます。要するに語り手は、

　桜の花が美しいのは、桜の樹の下に屍体が埋まっているから

もしくは、

　桜の樹の下に屍体が埋まっている。だから、桜の花は美しい

と宣言しているわけです。

01の最後に「2行目以降の語りを、謎を解くうえでのヒントとして読むことになる」と言いましたが、予想通り、02に挙げた一節は、01に引用した作品冒頭の一文の謎を解きほぐすうえでのヒント——あるいは理由説明として機能していたのですね。

……とはいえ、皆さん、この説明に納得はいきますか？

つまり、〈桜の樹の下に屍体が埋まっている。だから、桜の花は美しい〉という因果関係について、「ああ、なるほど」って思えますか？

思えない、ですよね。

だって、ここに示された因果関係は、滅茶苦茶《めちゃくちゃ》です。

まず、いちいち指摘するまでもないかもしれませんが、〈桜の樹の下に屍体が埋まっている。だから、桜の花は美しい〉という説明には、何の科学的な根拠もありません。

あるいは、皆さんは、〈桜の花の美しさの理由〉と聞いて、どんなことを考えますか？ 科学的根拠などではなく、あくまで感覚で考えてくださってかまいません。例えば、「淡いピンクの花がたくさん咲くから」「春の息吹を感じさせてくれるから」、などという答えもありましょうし、あるいは、角度を変えて、「人が丁寧に管理をしているから」などと考える方もいらっしゃるでしょう。

試しに、コトバンクで「桜」を検索してみると……「精選版　日本国語大辞典」に、桜を読み込んだ和歌が引用されていました。『古今和歌集』に所収の、在原業平の詠んだとされる以下の歌です。


世中にたえてさくらのなかりせば春の心はのどけからまし

「お、こんな和歌あったあった、高校の古典の授業で習った」などと思われる方も多いかと思います。〈○○せば、……まし〉なる表現から、いわゆる反実仮想という文法用語を思い出した人もいるかもしれません。というわけで、ここで文法的な解説をし、この和歌を読み解いてみてもいいのですが……今回は、ちょっとズルをして、この和歌そのものを検索にかけてみちゃいましょう。

……はい、相当数ヒットしましたね。今回は、「新明解国語辞典」でおなじみの三省堂が運営するサイト、「WORD-WISE WEB 三省堂 辞書ウェブ編集部によることばの壺」を参照させてもらいます。同サイトに、古語辞典編集部による「古語辞典でみる和歌」というコラムがあり、その第11回「よのなかに…」に、当該の和歌についての解説等がまとめられています。

まず、訳を引用させてもらいましょう。

この世の中にまったく桜がなかったならば、春の人の心はどんなにかのどかなことでありましょう。

雑にまとめてしまうと、〈桜がなかったなら、心はのどかだ〉ということですが、でも実際には桜はあるわけで、するとここには、〈桜のせいで、心がのどかではいられない〉といった意味が解釈されることになります。

せっかくですから、「のどか」もコトバンクで調べてみましょう。すると例えば、

1 静かでのんびりとして落ち着いているさま。
（コトバンク「デジタル大辞泉」より）


などと言う説明がなされています。つまり、〈心がのどかではいられない〉というのは、〈心がのんびりと落ち着けない〉ということ。すなわち業平の和歌は、〈桜のせいで、心が落ち着かない〉という文意を表わしているわけです。

桜のせいで心が落ち着かない……？

それはいったいどういうことでしょうか。

再度、三省堂のサイトを参照しましょう。当該和歌の解説中に、このような一節がありました。


春になると、人は桜が咲くのを待ち、散るのを惜しんで風雨を心配する。桜を愛するがゆえにもの思いがたえない心を詠んだ歌。

（三省堂 古語辞典編集部「古語辞典でみる和歌　第11回「よのなかに…」」）
https://dictionary.sanseido-publ.co.jp/column/waka11

「散るのを惜しんで」とありますね。あと、「桜を愛する」とも。「心配する」や「もの思いがたえない」あたりが〈心が落ち着かない〉と対応すると考えるなら、〈桜のせいで、心が落ち着かない〉というのは、

桜を愛するがゆえに、その桜が散ってしまうことを思うと心配で心が落ち着かなくなってしまう

といったような意味に解釈することができるはずです。

なるほど。

桜を愛おしく思えば思うほど、その散る姿を思って、心が乱れる。

この認識には、思わず膝を打ってしまいますよね。

同時に、この和歌における桜は、すなわち〝散る桜〟であり、つまりはどれほど美

しく咲き誇っていても、すぐに散ってしまうもの——いわゆる〝儚《はかな》さ〟を象徴する花として詠まれていることがわかります。そして、その〝儚さ〟ゆえに、逆に美しさや尊さも増す、そう考えることもできる。

事実、古典の和歌に詠まれる桜には、こうした〝儚さの美の象徴としての散る桜〟がたくさんあります。もし、皆さんが、国語や古典の授業などでこうした価値観に影響を受けていたとするなら、

桜の花はどうして美しいのでしょう。その理由を教えてください。

という質問に対して、

すぐに散る儚い花だから。

とお答えになるのかもしれません。それはもちろん感覚や主観、美意識の問題であり、客観的、普遍的な美の基準にはなりえませんが、古典文学にまつわる知や感性を共有

する人たちにとってみれば、十分に納得のいく返答ということになるでしょう。
けれども、

桜の樹の下に屍体が埋まっている。だから、桜の花は美しい

といった因果関係は、そうした納得を私たちに与えてくれるものではありえない。つまり、この小説の語りは、

滅茶苦茶な宣言と、その宣言に対する滅茶苦茶な理由付け

というところから始まっていると言えるわけですね。冒頭で示された謎についてヒントを与えてくれるはずの語りが、さらに謎を提示する。もちろん、私たち読者は、この謎が解消されることを期待しながら続きを読み進めていくことになります。

メモ

〈桜の樹の下には屍体が埋まっている!〉
↓何を言っているのか?
〈桜の樹の下に屍体が埋まっている。だから、桜の花は美しい〉
↓この支離滅裂な因果関係はどのようなことを表わしているのか?

03 俺はあの美しさが信じられないので、この二三日不安だった。しかしいま、やっとわかるときが来た。桜の樹の下には屍体が埋まっている。これは信じていいことだ。

滅茶苦茶な出だし、そして同じく滅茶苦茶な理由付け——それらを語る語り手は、一人称の「俺」であることがわかりました。どうせなので、ここで、この作品の語りの設定を確認しておきたいと思います。今回は、すでに皆さんもこの小説を読み込んでいることを前提としていますので、この後に述べられる言葉や展開も、引用したり参照したりしちゃいますね。

おまえはそれがわからないと言ったが(9行目)

一人称の語り手「俺」は、どうやら、「おまえ」と呼ぶ相手に向けて、「桜の樹の下には屍体が埋まっている！」だの〈桜の樹の下に屍体が埋まっている。だから、桜の花は美しい〉だの、力説していたらしい。

——おまえは何をそう苦しそうな顔をしているのだ。（30行目）

——おまえは腋《わき》の下を拭《ふ》いているね。（49行目）

これらの語りからは、「俺」が語りかける「おまえ」は、たぶん、この物語空間内に実在する誰からしいということがわかります。もちろん、「俺」の妄想のなかの誰かかもしれませんし、この「おまえ」に、私たち読者の一人ひとりを重ね合わせる読みだって成り立つ可能性はあります。ただその場合も、妄想する「俺」にとっては「おまえ」は実在する一人の人間であるのだろうし、あるいは、読者といっても不特定多数の匿名の誰かではなく、他ならぬこの私、あるいはあなた、という個人が想定されていることは間違いありません。

ともあれ、この〈「俺」が特定の誰かとしての「おまえ」に語りかける〉というあり方は、最後の最後まで、崩れませんよね。これが、梶井基次郎『桜の樹の下には』という小説の、語りの設定です。

さて、では本題に入りましょう。

もう一度、今回読み込んでみる一節を引用してみたいと思います。


俺はあの美しさが信じられないので、この二三日不安だった。しかしいま、やっとわかるときが来た。桜の樹の下には屍体が埋まっている。これは信じていいことだ。

「不安だった」の後に「しかし」とあるので、明言はされていなくとも、「しかしいま、やっとわかるときが来た」という語りには、「俺」の安堵感が込められているはずです。「桜の樹の下には屍体が埋まっている」ということ――すなわち、〈桜の樹の下に屍体が埋まっている。だから、桜の花は美しい〉ということがわかった、したがって、「不安」は解消され、安堵した……と言っているのでしょう。逆に言えば、この一節冒頭の「俺はあの美しさが信じられない」というのは、要するに、〈あれほどに桜が美しく咲くことの理由がわからない〉といったことを述べていると解釈することができるはずです。

桜の美しく咲く理由がわからなくて、この二三日、不安になる
（しかし）
桜の美しく咲く理由は屍体が埋まっているからとわかって、安堵する

ざっくりと整理すると、このような感じになりますね。

不安、だったんですね。桜の美しく咲く理由がわからなくて……。

いやいやいや、わからないのは私たちです。だってどういうことですか、〈桜の美しく咲く理由がわからないから、不安〉って、いったい……!?

メモ

〈桜の樹の下には屍体が埋まっている！〉
↓何を言っているのか？
〈桜の樹の下に屍体が埋まっている。だから、桜の花は美しい〉
↓この支離滅裂な因果関係はどのようなことを表わしているのか？
〈桜の美しく咲く理由がわからないから、不安〉
↓どういうことか？

さて、今度は作品から一節を引用する前に、皆さんに、ちょっと質問を投げてみたいと思います。ここで新たに加わった、〈桜の美しく咲く理由がわからないから、不安〉という謎について、その「不安」の内容を私たち読者に示してくれる語りが、どこから始まるのですが、それがどこからか、見つけられるでしょうか？　ヒントは、先ほど確認したように、ここでの「不安」が「この二三日」のあいだ「俺」を苦しめていた、ということです。

04

二三日前、俺は、ここの溪《たに》へ下りて、石の上を伝い歩きしていた。水のしぶきのなかからは、あちらからもこちらからも、薄羽かげろうがアフロディットのように生まれて来て、溪の空をめがけて舞い上がってゆくのが見えた。おまえも知っているとおり、彼らはそこで美しい結婚をするのだ。しばらく歩いていると、俺は変なものに出喰《でく》わした。それは溪の水が乾いた磧《かわら》へ、小さい水溜を残している、その水のなかだった。思いがけない石油を流したような光彩が、一面に浮いているのだ。おまえはそれを何だったと思う。それは何万匹とも数の知れない、薄羽かげろうの屍体だったのだ。隙間なく水の面を被っている、彼らのかさなりあった翅《はね》が、光にちぢれて油のような光彩を流しているのだ。そこが、産卵を終わった彼らの墓場だったのだ。

33行目から始まる語りですが、その冒頭の「二三日前」というのが大きな目印になっているわけです。つまり、この「薄羽かげろう」をめぐる経験が、「俺」に何かを考えさせ、あるいは気づかせ、そしておそらくそのことがきっかけとなって、桜の美しく咲く理由がわからないことを、不安に思うようになった——それが、作品冒頭に述べられる、「この二三日不安だった」の「不安」の詳細であるということですね。

「アフロディット」とありますね。

もちろん、調べてみましょう。「アフロディット　コトバンク」で検索してみると……トップに、「アフロディテ」の解説がヒットしました。


(Aphrodite) ギリシア神話で、美と愛の女神。海の泡から立ち上がったので、アフロディテ(「泡から生まれた者」の意)と名づけられたとも、ゼウスとディオネとの子ともいわれる。ローマ神話のビーナス。

(コトバンク「精選版　日本国語大辞典」より)


あー、なるほど。『桜の樹の下には』の「水のしぶきのなかからは」という文言は、「アフロディット」、いや「アフロディテ」の神話における「海の泡から立ち上がった」という設定を踏まえてのものだったわけですね。

美と愛の女神。

『桜の樹の下には』の語り手「俺」は、そんなアフロディテと「薄羽かげろう」とを重ね合わせてイメージしています。ここに描かれる「薄羽かげろう」は、「美しい結婚」すなわち生殖をしているのですから、愛の女神に喩《たと》えられることには首肯できますよね。

しかし、次に描写される「薄羽かげろう」は、「何万匹とも数の知れない」ほどの「屍体」となったものでした。

ここで、私たち読者は気づかざるを得ません。

この「薄羽かげろう」をめぐる語りと、「桜」をめぐる語りとの、同一性、あるいは類似性を。

そうですね。

「桜」もまた、美しい花を咲かせていました。そして「俺」に言わせれば、その理由は、「桜の樹の下には屍体が埋まっている」から、というものでした。

では、「薄羽かげろう」は、どうでしょう。

この昆虫もまた、美の女神アフロディテに喩えられるような、美しいものとして描かれています。そしてその美と対照するように、彼らの「屍体」についての語りが来る。

思えば、桜の花もまた、有性生殖をするために咲くものであるはずです。「樹の花」の「真っ盛りという状態」をめぐって、15行目には、「灼熱した生殖の幻覚させる後光のようなもの」などと言っていますよね。はっきりと、「生殖」という語を用いています。そして「薄羽かげろう」も同様に、「結婚」するものとして語られています。

美と屍体のコントラスト。

整理するならば、「桜」と「薄羽かげろう」についての「俺」の認識には、

有性生殖する姿→美しい

&

その美しさは、「屍体」との対照において際立つ

という共通する構造のあることがわかるのです。要するに、ここまで謎としてあった〈桜の樹の下には屍体が埋まっている!〉あるいは〈桜の樹の下に屍体が埋まっている。だから、桜の花は美しい〉というのは、このような「俺」の認識を象徴するものであったのですね。

メモ　〈生殖の美は、「屍体」との対照において際立つ〉という「俺」の認識

05 俺には惨劇が必要なんだ。その平衡があって、はじめて俺の心象は明確になって来る。

ここまでの解釈を踏まえて、この一節を読むと、どうでしょうか。念のため、コトバンクで語彙の確認をしておきましょう。

まず、「平衡」については、以下の解説がしっくりくると思います。

> ① 物体が力学的につり合いの状態にあること。転じて、物事が一方にかたよらないで安定を保っていること。つり合いがとれていること。均衡。
> （コトバンク「精選版　日本国語大辞典」より）

もう一つ、「心象」については、こうした語義が載せられていました。

> 心の中に描き出される姿・形。心に浮かぶ像。イメージ。「心象風景」
> （コトバンク「デジタル大辞泉」より）

要するにここに引用した一節は、〈自分の心の世界は、惨劇とつり合いがとれて初めて明確なものになる〉と言っているわけです。逆に言えば、〈もし惨劇がなければ、自分の心の世界はいつまでも曖昧なままだ〉ということです。そして心が世界を映し出す鏡であるとするなら、つまりは、〈自分の心に映る世界は、惨劇とのバランスの中で初めて明確なものとなる。惨劇がなければ、世界はいつまでも曖昧なままである〉ということ。

いかがでしょうか。

ここまで読み込んできた、〈生殖の美は、「屍体」との対照において際立つ〉という「俺」の認識に通ずるところが認められるのではないでしょうか。

「屍体」が「惨劇」の象徴であることは明白ですよね。

であるなら、「屍体」との対照の中で生殖の美が成り立つというのも、「惨劇」とつり合いがとれていることによって初めて世界は明確になるという認識と、重なり合うものと言えるのではないでしょうか。

以上のように考えるなら、〈生殖の美は、「屍体」との対照において際立つ〉という「俺」の認識は、より抽象的に、〈心に映る世界は、惨劇とのバランスのとれた対照においで成り立つ〉という原理へと還元することができることになります。

ここまでくると、〈桜の美しく咲く理由がわからないから、不安〉という「俺」の心情についても、具体的にイメージすることができます。

繰り返しますが、「俺」的には、〈心に映る世界は、惨劇とのバランスのとれた対照において成り立つ〉ものなのです。である以上、桜の体現する圧倒的な生殖の美もまた、それと対照される「惨劇」とのバランスのなかで成立しているはずですよね。そのことを、「二三日前」に、「薄羽かげろう」の美と「惨劇」を目にしながらはっきりと自覚した。ところが、考えてみれば、桜は信じられないほどに美しいのに、その美を成り立たせるためには不可欠のものであるはずの「惨劇」が見当たらない。その〝矛盾〟あるいは〝不条理〟に気づいたがゆえに、「昨日、一昨日」と、「俺」は「不安」でたまらなかったのですね……。

メモ

〈心に映る世界は、惨劇とのバランスのとれた対照において成り立つ〉という認識

（しかし）

圧倒的な美を体現する桜には、それと対照される「惨劇」が認められない

（ゆえに）

不安になる

06　しかし、昨日、一昨日、俺の心をひどく陰気にしたものもそれなのだ。俺にはその美しさがなにか信じられないもののような気がした。俺は反対に不安になり、憂鬱《ゆううつ》になり、空虚な気持になった。しかし、俺はいまやっとわかった。

「俺はいまやっとわかった」とあります。何が「わかった」というのでしょうか。もちろん、「桜の樹の下には屍体が埋まっている！」ということが〝わかった〟ということです。ここでの「俺」の思いを代弁するなら、

薄羽かげろうにおける生殖の美が、その対極にある「屍体」とのコントラストにおいて初めて成り立つように、心に映る世界は、「惨劇」とのバランスのとれた対照において成り立つものである……はずなのに、桜における生殖の美には、それと対照されるような「惨劇」が認めらない。これはおかしい。自分の世界観を成り立たせる原理が否定されることになってしまう。不安だ。いったいどういうことなのだ……そうか！　わかった！　「桜の樹の下には屍体が埋まっている」のだ！　そう考えなければ辻褄が合わない。けれどもそう考えるのであれば、桜

の圧倒的な美についても、納得がいく。そうだ。桜の樹の下には屍体が埋まっているのだ。たとえ目に見えなくとも、だ。樹の下に埋まっている屍体という「惨劇」があればこそ、それとのつり合いの中で、桜はこうして圧倒的な美を体現しているのだ……！

といったところでしょうか。すなわち「俺」は、〈心に映る世界は、「惨劇」とのバランスのとれた対照において成り立つものである〉という自らの世界観の原理を頑なに守るために、桜の樹の下に「屍体」の埋まっていることを夢想したのです。

ここでもう一度、冒頭の一節を読み返してみましょう。

桜の樹の下には屍体が埋まっている！

これは信じていいことなんだよ。何故って、桜の花があんなにも見事に咲くなんて信じられないことじゃないか。俺はあの美しさが信じられないので、この二三日不安だった。しかしいま、やっとわかるときが来た。桜の樹の下には屍体が埋まっている。これは信じていいことだ。

いかがでしょうか。自己の世界の構成原理に固執し、一つの幻想世界を立ち上げていく「俺」の狂気が、ひしひしと感じられるのではないでしょうか。

メモ

〈心に映る世界は、惨劇とのバランスのとれた対照において成り立つ〉という自己の世界の構成原理に固執して、桜の樹の下に屍体を幻想する「俺」

さて、こうして導いた、

〈心に映る世界は、惨劇とのバランスのとれた対照において成り立つ〉という自己の世界の構成原理に固執して、桜の樹の下に屍体を幻想する「俺」

という読みを一つの鍵として、この掌編『桜の樹の下には』に綴《つづ》られたいくつかの表現を味わってみましょう。本章の頭のほうでも述べましたが、掌編や超短編の醍醐味は、気軽に何度も再読できることですよね。最初の読みにおいてまとめた内容を鍵として、もう一度読み返すならば、例えばどんな解釈を、私たちは楽しむことができるのか。ここから先は、そんな観点からあれこれとお話ししてみたいと思います。

07

どうして俺が毎晩家へ帰って来る道で、俺の部屋の数ある道具のうちの、選《よ》りに選ってちっぽけな薄っぺらいもの、安全剃刀の刃なんぞが、千里眼のように思い浮かんで来るのか——おまえはそれがわからないと言ったが——そして俺にもやはりそれがわからないのだが——それもこれもやっぱり同じようなことにちがいない。

「千里眼」とあります。もちろんコトバンクで調べます。

遠方の出来事や将来のこと、また、隠れているものなどを見通す能力。また、その能力をもつ人。

（コトバンク「デジタル大辞泉」より）

なるほど「千里眼」とは、そこからは見えないはずのものを見てしまう、特殊能力、超能力なのですね。

でも、ちょっと考えてみてください。「安全剃刀の刃」は現実に「俺の部屋」に存在するものであって、つまり、常日頃自分の目で実際に見ているものです。それを思い浮かべることは、別に、特殊な能力でもなんでもなく、私たちが常日頃、「ああ、そういえば冷蔵庫のなかにゼリーがあったな。帰ったら食べよう」などと思ったりするのと同じことであるはずです。

ところが、語り手「俺」は、「安全剃刀の刃」について、「千里眼のように思い浮かんで来る」と言っている。つまりあえてそれを、〝特殊能力によって想起されるもの〟として意味づけ直しているわけです。このとき「安全剃刀の刃」は、日常的な意味での単なるモノと差異化されます。つまり、何かしら重要な含みを持つ、おそらくは象徴的なものへとランクアップすることになる。

では、ここで「安全剃刀の刃」が担う、日常性を超えた含み、象徴性とは、いかなるものでしょうか。〈心に映る世界は、惨劇とのバランスのとれた対照において成り立つ〉という「俺」の信念に鑑みるなら、当然、〈安全剃刀の刃＝惨劇の象徴〉ということになるでしょう。「惨劇」なしには自らの世界やそのリアリティが成り立たないと信じる「俺」の無意識が、自らの世界を維持するための平衡を保つために、「惨劇」

を象徴する「安全剃刀の刃」を想起させるのです。
皆さん、ここに引用した「安全剃刀の刃」云々の一節について、「なんだか文脈外れだなぁ」「前後とのつながりがよくわからないなぁ」などと感じられたのではないでしょうか。けれども、こうして読んでみると、この一節の持つ役割も、はっきりと見えてきますよね。

メモ　安全剃刀の刃＝世界を成り立たせる「惨劇」の象徴

08

いったいどんな樹の花でも、いわゆる真っ盛りという状態に達すると、あたりの空気のなかへ一種神秘な雰囲気を撒き散らすものだ。それは、よく廻った独楽《こま》が完全な静止に澄むように、また、音楽の上手な演奏がきまってなにかの幻覚を伴うように、灼熱《しゃくねつ》した生殖の幻覚させる後光のようなものだ。それは人の心を撲《う》たずにはおかない、不思議な、生き生きとした、美しさだ。

私、この一節、とても好きなんです。「花」の「真っ盛り」な様子を美しく描写する表現として、ゾッと鳥肌が立ってしまうほどに凄まじいと思ってしまうんですね。

とりわけ、「よく廻った独楽《こま》が完全な静止に澄むように」という言い方。

花の美しさを形容する言葉として、こんな表現、どうして思いつくのだろう……。

そしてここでも、〈惨劇との平衡によって世界は成り立つ〉という「俺」の世界観から、こんな解釈をしてみることもできるんです。

まず、「よく廻った独楽」は物体としての〝動〟の状態を表していますよね。よく考えれば、まさに、樹が成長し、そして開花する一連の経過は、〝動〟そのものとも言えるでしょう。

でも、そうして咲いた「花」に私たちが美を感じるとき、それはあたかも静止画のようなものとして感受されるのではないでしょうか？

不断の動きの連続の中に、不意に〝静〟が垣間見えた瞬間。

そして〝動〟の連続の中に訪れる〝静〟とはすなわち、〝死〟――言い換えるなら「惨劇」の暗示に他なりません。

そんな瞬間、つまりは現象の中に死という「惨劇」を見出したときに、「俺」は美を感じているわけです。

あるいは、他にもこんな読み方をしてみることもできます。

この一節は、「花」の「真っ盛りという状態」が醸す「神秘な雰囲気」を表すために、いま見てきた「よく廻った独楽が完全な静止に澄むように」以外にも、「音楽の上手な演奏がきまってなにかの幻覚を伴うように」などと表現しています。この二箇所に共通する「ように」は、比喩なのか例示なのか、あるいはその双方なのか、ちょっと判然としません。

ただ、比喩だとしたなら？

比喩は、間接表現です。対象のありようを直接に言い表すのではなく、遠回しにぼやかして形容します。言い換えれば、この二つのフレーズを比喩ととった場合、この二つのフレーズは、直接的には何かを表現していないことになる。

さらに、「灼熱《しゃくねつ》した生殖の幻覚させる後光のようなものだ」の「ようなものだ」は、これはもちろん比喩であることを表わしていますが、結局この比喩も、何を言っているのかは、やはりわからない。

要するに、この一節は、「花」の「真っ盛り」な様子、あるいはそれが織り成す「神秘な雰囲気」について説明しているのですが、実は、直接には何も言っていない、ある種、空虚な語りであるとも言えるわけです。

花の美、生殖の美を叙述する語りが、虚ろな言葉のみで綴られている……。この〝空虚〟それ自体を言い表すかのような語りには、〈惨劇との平衡によって世界は成り立つ〉のだから、桜の美にもそれに対応する「惨劇」があるはずなのに、それが見当たらない……という認識、「彼」を不安に陥れる、そうしたものの見方が象徴されているとも言えるのではないでしょうか。

引用した一節の、次の段落を読んでみましょう。

しかし、昨日、一昨日、俺の心をひどく陰気にしたものもそれなのだ。俺にはその美しさがなにか信じられないもののような気がした。俺は反対に不安になり、憂鬱になり、空虚な気持になった。しかし、俺はいまやっとわかった。

比喩のみで表わされた、すなわち〝空虚〟な美を語った後、「俺の心をひどく陰気にしたものもそれなのだ」と言っていますね。「不安」とも「空虚な気持」ともあります。やはり「俺」は、〈美を成立せしめるための「惨劇」があるはずなのに、それがない！おかしい！　怖い！〉と思っていたのですね。

でも、「俺はいまやっとわかった」と言う。
何がわかったのか。
もちろん、桜の美を成立せしめるための「惨劇」は、やはりあるということが。続く段落の冒頭に、

おまえ、この爛漫と咲き乱れている桜の樹の下へ、一つ一つ屍体が埋まっていると想像してみるがいい。

と語られていますね。

メモ 「惨劇」の非在を象徴する比喩→不安な「俺」

09 馬のような屍体、犬猫のような屍体、そして人間のような屍体、屍体はみな腐爛《ふらん》して蛆《うじ》が湧き、堪《たま》らなく臭い。それでいて水晶のような液をたらたらとたらしている。桜の根は貪婪《どんらん》な蛸《たこ》のように、それを抱きかかえ、いそぎんちゃ

くの食糸のような毛根を聚《あつ》めて、その液体を吸っている。

「屍体はみな腐爛して蛆が湧き、堪らなく臭い」というのは、「惨劇」の様子をこれでもかと生々しく想起させるための、グロテスクな語りであるはずです。もちろん、そうした醜怪なありようが作り出す「均衡」によって、「俺」にとっての世界や桜の美は初めて成り立つのです。

興味深いのは、「惨劇」そのものである「屍体」から流れ出ているもの――おそらくは腐った体液なのでしょうが、それを「水晶のような液」と比喩していることです。

念のため、「水晶」をコトバンクで調べてみましょう。

普通、結晶形の明瞭（めいりょう）な石英のことをいうが、本来は無色透明で、きずのない結晶に対して使われる。古代においては、水晶は水が凍ってできたものと信じられていたらしく、英名のクリスタルという語は氷を意味するギリシア語に由来している。

（コトバンク「日本大百科全書（ニッポニカ）」より）

「石英のことをいう」とあるので、せっかくですから「石英」についても確認してみます。

二酸化珪素《けいそ》からなる鉱物。ふつうガラス光沢をもつ六方晶系の柱状か錐状の結晶で、透明なものを水晶という。花崗岩《かこうがん》・片麻岩などの主成分の一。装飾品・光学材料・ガラス原料などに利用。

（コトバンク「デジタル大辞泉」より）

「無色透明で、きずのない結晶」、「クリスタル」、「ガラス光沢をもつ」、「装飾品・光学材料・ガラス原料などに利用」……どう考えても、「水晶」の持つイメージは、グロテスクの対極、美というところにあるはずです。

語り手「俺」も、そのことは認識しています。なぜなら、「水晶のような液」の直前に、「それでいて」とある。ついでにこの言葉の意味も調べましょう。

前の事柄から期待されることに反する事柄を述べるときに用いる。そうであるにもかかわらず。それでいながら。

（コトバンク「精選版　日本国語大辞典」より）

いわゆる、逆接の接続表現ですね。つまりここは、

屍体はみな腐爛《ふらん》して蛆《うじ》が湧き、堪《たま》らなく臭い……グロテスク、醜怪
（それでいて）
水晶……美

という論理展開を持っているわけです。ここにも、〈美／惨状〉という二項対立が想定されている。

ただし、「水晶」は、「俺」の執心している桜の美そのものではありません。「桜の根」の「毛根」によって吸い上げられるものであり、つまり、桜の美を作り出す、あくまで養分に過ぎないものなのです。

それに、たとえ「水晶」を連想させようとも、腐乱した屍体から垂れ流れる体液です。どれほどの美的イメージをまとおうが、その本質は、グロテスクなもの。

となると、体液すなわち「水晶のような液」は、グロテスクでありながら美のオーラをまとうもの、あるいは美を含意しながらもグロテスクなものということになり、

つまりは醜と美の中間領域に属する、相反する二つの属性を併せ持つものとして読むことができる。だからこそ、「屍体」という「惨劇」と桜の美とをつなぐ、媒体としての役割を果たすことができるのですね。ここに、

屍体という惨劇（＝醜）
　↓
水晶のような液（＝醜＆美〔両者を媒介するもの〕）
　↓
桜の花（＝美）

という構造を確認しておきましょう。

逆に言うと、どういうことか。

しつこいようですが、「俺」は、自らの世界や美について、それが「惨劇」との対照性、「平衡」によって初めて成り立つという妄念を抱いています。

しかし、美と「惨劇」、あるいは美と醜は、それぞれ対極に位置するもの同士。

つまり、両者が手を結ぶには、美と醜それぞれの性質を併せ持つ媒体が必要であり、それこそが「水晶」であるということになります。すなわち、〈世界や美は「惨劇」との「平衡」において成立する〉という「俺」の世界観は、次のように言い換えられることになるでしょう。〈世界や美は「惨劇」との「平衡」において成立するが、そこには、両者の性質を併せ持つ媒介者が必要である〉、と。

メモ

〈世界や美は「惨劇」との「平衡」において成立するが、そこには、両者の性質を併せ持つ媒介者が必要である〉という世界観

10 何があんな花弁を作り、何があんな蕊《しべ》を作っているのか、俺は毛根の吸いあげる水晶のような液が、静かな行列を作って、維管束のなかを夢のようにあがってゆくのが見えるようだ。

「花弁」「蕊」「毛根」——私たちが日常において桜を鑑賞するとき、こうした語彙はあまり用いないのではないでしょうか。これらの語彙は、おそらく、理科や科学の文脈で桜や植物について語る際にしばしば現れるものであるはずです。端的に言えば、

理科の教科書や図鑑の解説などで目にするものですよね。

もちろん、その極みとも言える単語が、「維管束」です。無論、コトバンクで調べてみます。

植物の体内で水や養分の通路となる組織。植物体を強化する役目もある。配列や構成要素は植物の種類や器官によって異なるが、細長い細胞が束になって器官の長軸に平行に連なるのが普通。道管、仮道管などからなり水の通路となる木部と、師管（しかん）、伴細胞などからなり養分の通路となる師部とがある。維管束をもつのはシダ植物と種子植物だけで、これらを維管束植物と呼ぶ。

（コトバンク「百科事典マイペディア」より）

「維管束のなか」を吸い上げられていく「水晶のような液」とは、桜の美を成り立たせている養分としての体液でしょうから、ここでの「維管束」とは、「師管（しかん）、伴細胞などからなり養分の通路となる師部」ということになるのでしょうか。

事典中の「植物体を強化する役目もある」などという解説も、なかなかに興味深いですよね。〈美と「惨劇」との媒介者〉である「水晶のような液」を吸い上げるための組織――ということは、この「維管束」もまた、美と「惨劇」との中間にあり、両者を結びつける媒体としてあることになります。それが、「植物体を強化する役目」を担う。つまり、美と「惨劇」との媒介者の存在があって初めて、桜という「植物体」も、確固たるものとなるということでしょう。美と惨劇の均衡、そして両者を結ぶ媒介者――これらはやはり、桜、あるいは「俺」にとっての世界そのものを成立させるうえで、なくてはならぬものであると言えそうです。

問題は、なぜこの一節で、「俺」は、科学用語を用いて自分の世界観を語っているのか、ということ。

「科学」については、

〈名〉(science の訳語)普遍的真理や法則の発見を目的とし、一定の方法にもとづいて得られた体系的知識。
(コトバンク「精選版 日本国語大辞典」より)

という解説を参照してみたいと思います。

まず、「普遍的真理」とありますね。「普遍」は、以下のように解説される概念です(用例などは割愛して引用)。

①（―する）ひろくゆきわたること。あまねく万物に及ぶこと。
②一定範囲内の事象すべてに共通し、例外のないこと。特殊に対していう。
③（universal の訳語）哲学で、多くの事物に共通の性質またはそれをあらわす概念。
④論理学で、宇宙全体に通じてあてはまる名辞。いくつかの特殊を自分の下位クラスとして持つ一つ上位のクラス。たとえば「日本人」に対する「人類」をさす。
（コトバンク「精選版　日本国語大辞典」より）

細かく分類すると様々に説明できる概念のようですが、「あまねく万物に及ぶ」「すべてに共通し、例外のないこと」「多くの事物に共通の性質」「宇宙全体に通じてあてはまる」あたりは、皆、だいたい同じようなことを言っているはずです。要するに、〈いつ、どこでも例外なくあてはまる〉ということですよね。「精選版　日本国語大辞典」の「科学」の解説には、「普遍的真理や法則の発見を目的と」する、とあります。つまり「科学」とは、〈いつ、どこでも例外なく通用する真理や法則の発見を目的とする学問〉であるということになります。

また、「精選版　日本国語大辞典」の「科学」の解説には、「体系的知識」ともあります。

「体系」とは、

1 個々別々の認識を一定の原理に従って論理的に組織した知識の全体。
2 個々の部分が相互に連関して全体としてまとまった機能を果たす組織体。
（コトバンク「デジタル大辞泉」より）

といった概念です。「一定の原理に従って」「論理的に」「相互に連関して全体としてまとまった」あたりの記述から、〈一貫性のある、秩序だった状態〉をイメージすることができると思います。

以上をまとめるなら、「科学」とは、〈いつ、どこでも例外なく通用する真理や法則の発見を目的とする、一貫性を持つ秩序だった知識〉などと定義することができるでしょう。

もちろん、そうした言説は、非常に説得力を持つ。

皆さんも、多少怪しげな情報だったとしても、何かしら〝科学っぽい〟データやら文章やらを〝証拠〟として示されると、「……あれ、もしかして、正しいのかも……？」などと思ってしまったことはあるのではないでしょうか。あるいは、「そう主張するならエビデンスを示せ！」などという言い方を目にしたり耳にしたりしたことはあると思いますが、ここで言う「エビデンス」も、〝科学的根拠〟といった含意で用いられていますよね。つまり、〝科学的根拠〟を示せるのなら、あなたの言うことも信じられる――ここには、そうした私たちの時代の常識が反映されていると言えるでしょう。

だから、ではないでしょうか。

「俺」は、「俺」の妄想としての世界観を〝解説〟する語彙に、あえて科学の用語を集中させることで、説得力を持たせようとしているのではないでしょうか。〈美や世界は惨劇との平衡、そして両者の媒介者によって成り立つ〉という世界観を語る言葉に、〈いつ、どこでも例外なく通用する真理や法則〉、〈一貫性を持つ秩序だった知識〉という雰囲気をまとわせたかったのではないでしょうか。

31〜32行目を見てください。「昨日、一昨日、俺を不安がらせた神秘から自由になったのだ」とありますね。ここはもちろん、〈美は惨劇との平衡によって成り立つはずなのに、桜の美には、それに対応する惨劇が見当たらない。そのことが不安でたまらなかったのだが、そうした不安から、自分はようやく解放された。すなわち、「桜の樹の下には屍体が埋まっている」と考えれば辻褄は合うのだ〉ということを言っています。

そう。「俺」にとって、〈美は惨劇との平衡によって成り立つはずなのに、桜の美には、それに対応する惨劇が見当たらない〉ということは、摩訶不思議な「神秘」なのです。ゆえに、「桜の樹の下には屍体が埋まっている」という「惨劇」を想定し、そうした不思議を解消することは、「神秘」からの「自由」である、と。

「神秘」とは、「科学」的な論理や常識を超えたものです。

逆に言えば、「神秘」から「自由」になるとは、不可思議に思えた現象について、科学的、合理的に説明がついた、ということを言っているわけですね。

「俺」は、自らの狂気に満ちた世界観について、それが〝科学的な論理性、体系性〟に基づいたものであるということを主張し、その普遍性をアピールしているということになります。

メモ

自らの世界観（＝世界や美は「惨劇」との「平衡」において成立するが、そこには、両者の性質を併せ持つ媒介者が必要である）が、〝科学的普遍性〟を持つものであると主張する「俺」

11 **——おまえは腋《わき》の下を拭《ふ》いているね。冷汗が出るのか。それは俺も同じことだ。何もそれを不愉快がることはない。べたべたとまるで精液のようだと思ってごらん。それで俺達の憂鬱は完成するのだ。**

なかなかに強烈な語りですね。「腋の下」の「汗」について、「何もそれを不愉快がることはない」と言っていますが、逆に言えば、それは普通ならば「不愉快」と感じられるものであるということです。しかもそれを、「精液のようだ」と喩えている。「べたべたと」などという、いかにも気色悪い擬態語まで用いて。

ところがここで「俺」は、この「精液」について、それがあたかも〝良いもの〟であるかのように語っていますよね。「それを不愉快がることはない。べたべたとまるで精液のようだと思ってごらん」とは、つまり、〈それを不愉快がることはない。なぜならそれは精液のようなものなのだから〉ということであるはずです。

「腋の下」の「汗」という一般的には「不愉快」と感じられるはずのものから、さらに「べたべた」と気持ち悪い「精液」をイメージしながら、そこに肯定的な意味を与えようとしている。

それは、この「汗」や「精液」が「惨劇」に重なるもの、すなわち美や世界を成り立たせるための「均衡」を作り出す条件であるからかもしれません。
あるいは、「精液」とはこの作品中にしばしば言及される「生殖」を象徴するものであり、すなわち生殖の美を表わすものでもあるはずです。しかしそれは同時に、「汗」の「不愉快」にも通じる「べたべた」と気持ち悪い性質を持つものでもある。つまりここで「汗」や「精液」は、〈美／醜〉双方の性質を同時に担うものであり、要するに、「水晶のような液」や「維管束」と同じく、美と醜、世界と「惨劇」を結びつける媒体であると解釈することもできるでしょう。

メモ　精液＝美と醜、世界と「惨劇」を結びつける媒体

というわけで、一読目の読みで導いた、
〈心に映る世界は、惨劇とのバランスのとれた対照において成り立つ〉という自己の世界の構成原理に固執して、桜の樹の下に屍体を幻想する「俺」

なる読みを一つの鍵として掌編『桜の樹の下には』を再読し、その中で、あれこれの表現を解釈してみました。そして私たちは、「俺」が、ときに神話的に、ときに科学的に、

〈世界や美は「惨劇」との「平衡」において成立するが、そこには、両者の性質を併せ持つ媒介者が必要である〉という世界観

を何度も執拗に「おまえ」に説いていることを確認してきたわけです。

では、それを踏まえ、この短篇の最後の一文を読むならば、そこにはいったい、どのような意味を解釈することができるのでしょうか。

12 今こそ俺は、あの桜の樹の下で酒宴をひらいている村人たちと同じ権利で、花見の酒が呑《の》めそうな気がする。

いや、ここは難しい。本当に難しい。正直、どう解釈してもモヤモヤが残ってしまう語りであると思います（それもまた、文学の言葉の豊かさなのですが）。

ただ、ここで今一度確認したいことがあります。

それは、文学作品の解釈には、唯一絶対の〝正解〟などない、ということです。人は、自分の読みに、意識的であれ無意識的であれ引っ張られて、その読みに符合するような〝根拠〟を求めて解釈をします。裏を返せば、自分の読みに不都合な記述や要素は、知らず知らずに無視したり、あるいは目にしなかったことにしたりしてしまう。ときには、都合のいい牽強付会なこじつけなどもやらかしながら。つまり、どのような解釈も完璧ではありえず、そこには必ず〝穴〟があるということです。

文学の解釈には、必ず〝穴〟がある。

ということは、文学の解釈には終わりがないということです。

誰かの解釈について、何か腑に落ちないところ、あるいは違和感などを抱いたのならば、その感じを、ぜひぜひ言葉にしてみてください。そして自分なりの読みを展開してみてください。そうしたいくつもの解釈のせめぎ合う場として文学はあり、そしてそうしたせめぎ合いこそが、その作品をより良きものへと錬磨し、後世へと手渡していくことになるのです。

ですから、ここで示す私の解釈も、当然〝穴〟のあるもので、人によっては強引なこじつけと感じられることもあるかと思います。でも、私は、一応の筋道をもってここまでこの作品を論じ、私なりの読みを示してきました。もし、首を傾げるところがあるならば、ぜひ、その筋道を含め、私の解釈の〝穴〟を言葉にしてみてください。そして、皆さん自身の『桜の樹の下には』の解釈を、文章などにまとめてみてくださいね。

……というわけで、引用した、最後の一文です。

結論から言うと、私は、この語りに、とても不穏なものを感じています。

どういうことか。

この一文には、「俺」と「村人たち」とが「同じ権利」で桜の花と関係し得るという可能性が述べられています。つまり「俺」は、桜に対するあり方について、自分と「村人たち」とを重ね合わせて認識している。

でも、その根拠って何でしょう。

「俺」は、〈世界や美は「惨劇」との「平衡」において成立するが、そこには、両者の性質を併せ持つ媒介者が必要である〉という世界観に頑ななまでに固持しており、したがって、あれほどの美を体現する桜もまた、「水晶のような液」や「維管束」に媒介される「惨劇」としての「屍体」を樹の下に有しているはずだ、と妄想します。

しかしながら、おそらく——というか、確実に、「村人たち」はそのような世界観はまったく共有していない。

となると、自らと「村人たち」とを重ね合わせようとする「俺」の認識は、破綻を決定づけられたものとしてあることになります。

あるいは、この作品には、〈生殖の美／屍体〉、〈世界／惨劇〉などの二項対立のバリエーションが登場しましたが、そこには例えば、「精液」「水晶のような液」「維管束」等、二つの項を媒介するものが想定されていました。

実はこの最後の一文にも、こうした二項対立のバリエーションともとれる関係を認めることができます。それは他ならぬ、〈村人たち／俺〉という対立です。

「俺」は、狂気に駆られています。

対して「村人たち」は、「桜の樹の下で酒宴をひらく」ような、常識的な時間と世界を生きています。

この〈村人たち…常識的／俺…狂気〉という二項対立。

これを、〈生殖の美／屍体〉、〈世界／惨劇〉などの変奏と取るのは、少し強引でしょうか。私は、それなりに説得力があると思うのですが……。

そして、もし、この私の連想に則るなら、〈村人たち…常識的／俺…狂気〉という二項対立は、やはり、崩壊を予告されたものとしてあることになります。

なぜか。

それは、〈生殖の美／屍体〉や〈世界／惨劇〉に存在していた媒介者が、ここには存在していないから。対立する二つの項が「均衡」を保つために必要な中間者が、ここには認められないから。つまり、「俺」のこだわる世界観に則するなら、〈村人たち／俺〉という二項対立は、決して「均衡」を保つことのできない、つまりは崩壊を余儀なくされたものとしてあることになるわけです。

いかがでしょうか。

私は、掌編『桜の樹の下には』は、その最後の語りまで、胃の痛くなるような、動悸を抑えることのできなくなってしまうような、そんな緊張感に満ち満ちた作品であると思います。いや、もう、ほんと、読むたびにひやひやする……。

第3章 宮沢賢治『やまなし』

宮沢賢治『やまなし』

出典　青空文庫　＊ルビは随時こちらで補っています。

小さな谷川の底を写した二枚の青い幻燈《げんとう》です。

一、五月

二疋《ひき》の蟹《かに》の子供らが青じろい水の底で話していました。

『クラムボンはわらったよ。』

『クラムボンはかぷかぷわらったよ。』

『クラムボンは跳《は》ねてわらったよ。』

『クラムボンはかぷかぷわらったよ。』

上の方や横の方は、青くくらく鋼《はがね》のように見えます。そのなめらかな天井《てんじょう》を、つぶつぶ暗い泡《あわ》が流れて行きます。

『クラムボンはわらっていたよ。』

『クラムボンはかぷかぷわらったよ。』

『それならなぜクラムボンはわらったの。』

『知らない。』

つぶつぶ泡が流れて行きます。蟹の子供らもぽっぽっぽっとつづけて五六粒《つぶ》泡を吐《は》きました。それはゆれながら水銀のように光って斜《なな》めに上の方へのぼって行きました。

つうと銀のいろの腹をひるがえして、一疋の魚が頭の上を過ぎて行きました。

『クラムボンは死んだよ。』

『クラムボンは殺されたよ。』

『クラムボンは死んでしまったよ……。』

『殺されたよ。』

『それならなぜ殺された。』兄さんの蟹は、その右側の四本の脚《あし》の中の二本を、弟の平べったい頭にのせながら云《い》いました。

『わからない。』

魚がまたツウと戻《もど》って下流のほうへ行きました。

『クラムボンはわらったよ。』

『わらった。』

にわかにパッと明るくなり、日光の黄金《きん》は夢《ゆめ》のように水の中に降って来ました。

波から来る光の網《あみ》が、底の白い磐《いわ》の上で美しくゆらゆらのびたりちぢんだりしました。泡や小さなごみからはまっすぐな影《かげ》の棒が、斜めに水の中に並《なら》んで立ちました。

魚がこんどはそこら中の黄金《きん》の光をまるっきりくちゃくちゃにしておまけに自分は鉄いろに変に底びかりして、又《また》上流《かみ》の方へのぼりました。

『お魚はなぜああ行ったり来たりするの。』

弟の蟹がまぶしそうに眼《め》を動かしながらたずねました。

『何か悪いことをしてるんだよとってるんだよ。』

『とってるの。』

『うん。』

そのお魚がまた上流《かみ》から戻って来ました。今度はゆっくり落ちついて、ひれも尾《お》も動かさずただ水にだけ流されながらお口を環《わ》のように円くしてやって来ました。その影は黒くしずかに底の光の網の上をすべりました。

『お魚は……。』

その時です。俄《にわか》に天井に白い泡がたって、青びかりのまるでぎらぎらする鉄砲弾《てっぽうだま》のようなものが、いきなり飛込《とびこ》んで来ました。

兄さんの蟹ははっきりとその青いもののさきがコンパスのように黒く尖《とが》っているのも見ました。と思ううちに、魚の白い腹がぎらっと光って一ぺんひるがえり、上の方へのぼったようでしたが、それっきりもう青いものも魚のかたちも見えず光の黄金《きん》の網はゆらゆらゆれ、泡はつぶつぶ流れました。

二疋はまるで声も出ず居すくまってしまいました。

お父さんの蟹が出て来ました。

『どうしたい。ぶるぶるふるえているじゃないか。』

『お父さん、いまおかしなものが来たよ。』

『どんなもんだ。』

『青くてね、光るんだよ。はじがこんなに黒く尖ってるの。それが来たらお魚が上へのぼって行ったよ。』

『そいつの眼が赤かったかい。』

『わからない。』

『ふうん。しかし、そいつは鳥だよ。かわせみと云うんだ。大丈夫《だいじょうぶ》だ、安心しろ。おれたちはかまわないんだから。』

『お父さん、お魚はどこへ行ったの。』

『魚かい。魚はこわい所へ行った』

『こわいよ、お父さん。』

『いいいい、大丈夫だ。心配するな。そら、樺《かば》の花が流れて来た。ごらん、きれいだろう。』

泡と一緒《いっしょ》に、白い樺の花びらが天井をたくさんすべって来ました。

『こわいよ、お父さん。』弟の蟹も云いました。

光の網はゆらゆら、のびたりちぢんだり、花びらの影はしずかに砂をすべりました。

二、十二月

蟹の子供らはもうよほど大きくなり、底の景色も夏から秋の間にすっかり変りました。

白い柔《やわら》かな円石《まるいし》もころがって来、小さな錐《きり》の形の水晶《すいしょう》の粒や、金雲母《きんうんも》のかけらもながれて来てとまりました。

そのつめたい水の底まで、ラムネの瓶《びん》の月光がいっぱいに透《すき》とおり天井では波が青じろい火を、燃したり消したりしているよう、あたりはしんとして、ただいかにも遠くからというように、その波の音がひびいて来るだけです。

蟹の子供らは、あんまり月が明るく水がきれいなので睡《ねむ》らないで外に出て、しばらくだまって泡をはいて天上の方を見ていました。

『やっぱり僕《ぼく》の泡は大きいね。』

『兄さん、わざと大きく吐いてるんだい。僕だってわざとならもっと大きく吐けるよ。』

『吐いてごらん。おや、たったそれきりだろう。いいかい、兄さんが吐くから見ておいで。そら、ね、大きいだろう。』

『大きかないや、おんなじだい。』

『近くだから自分のが大きく見えるんだよ。そんなら一緒に吐いてみよう。いいかい、そら。』

『やっぱり僕の方大きいよ。』

『本当かい。じゃ、も一つはくよ。』

『だめだい、そんなにのびあがっては。』

またお父さんの蟹が出て来ました。

『もうねろねろ。遅《おそ》いぞ、あしたイサドへ連れて行かんぞ。』

『お父さん、僕たちの泡どっち大きいの』

『それは兄さんの方だろう』

『そうじゃないよ、僕の方大きいんだよ』弟の蟹は泣きそうになりました。

そのとき、トブン。

黒い円い大きなものが、天井から落ちてずうっとしずんで又上へのぼって行きました。キラキラッと黄金《きん》のぶちがひかりました。

『かわせみだ』子供らの蟹は頸《くび》をすくめて云いました。

お父さんの蟹は、遠めがねのような両方の眼をあらん限り延ばして、よくよく見てから云いました。

『そうじゃない、あれはやまなしだ、流れて行くぞ、ついて行って見よう、ああいい匂《にお》いだな』

なるほど、そこらの月あかりの水の中は、やまなしのいい匂いでいっぱいでした。

三疋はぼかぼか流れて行くやまなしのあとを追いました。

その横あるきと、底の黒い三つの影法師《かげぼうし》が、合せて六つ踊《おど》るようにして、やまなしの円い影を追いました。

間もなく水はサラサラ鳴り、天井の波はいよいよ青い焔《ほのお》をあげ、やまなしは横になって木の枝《えだ》にひっかかってとまり、その上には月光の虹《にじ》がもかもか集まりました。

『どうだ、やっぱりやまなしだよ、よく熟している、いい匂いだろう。』

『おいしそうだね、お父さん』

『待て待て、もう二日ばかり待つとね、こいつは下へ沈《しず》んで来る、それからひとりでにおいしいお酒ができるから、さあ、もう帰って寝《ね》よう、おいで』

親子の蟹は三疋自分等《ら》の穴に帰って行きます。

波はいよいよ青じろい焔をゆらゆらとあげました、それは又金剛石《こんごうせき》の粉をはいているようでした。

＊

私の幻燈はこれでおしまいであります。

§1 解釈を楽しむための道具

いよいよ最終章ということになりました。

最後に取り上げるのは、宮沢賢治『やまなし』です。

きっと多くの皆さんが、「うわ、懐かしい！」とか、「あ、これ『やまなし』って題名だったっけ。『クラムボン』で覚えてた（笑）」などと思われたのではないでしょうか。小学校の国語教科書の定番中の定番ですものね。

もちろん、初めて読んだという方もいらっしゃるでしょう。そうした方は、おそらく、この作品の構成やストーリー、作品中に用いられる語彙などに、不思議な感じを持たれたのではないかと思います。そしてその〝不思議な感じ〟は、ほぼ間違いなく、この作品を久しぶりに読み「懐かしい」と思った方々も、共有しているはずです。つまり、この作品の不思議さは、未読、既読を問わず、読むたびにそのように感じられるものだということです。

だって、正直、何を言っているのかわかりませんもの。

「え……それで……？」

「つまり……どういうこと？」

もし皆さんがそうした反応をしたならば、それはごくごく自然なものだと思います。
もちろん、この『やまなし』を、とにかく不思議な作品として享受するという楽しみ方もあります。例えば、パウル・クレーやサルバドール・ダリの幻想的な絵画を、「なんだかよくわからない不思議な絵だなぁ……でも、なんかいいな……」などと味わうように。それはそれで、きっと豊かな読書体験となることでしょう。
ただ、本書のコンセプトは、〝解釈を楽しむ〟こと。あるいは、〝スマホを片手に、文学作品に自分なりの意味を読み込んでみること〟です。そしてある意味、この『やまなし』のような摩訶不思議な作品こそ、こうした〝解釈〟の醍醐味を最も楽しめるものと言える。なぜって、〝何が書いてあるのかよくわからない〟ということは、言い換えれば、〝解釈の余白がふんだんにある〟ということでもあるのですから。

んー、しかしなぁ、この『やまなし』という作品は本当にわけがわからなすぎて、解釈を楽しむにも、いったい何をどうすればよいか……

もしかしたら、このようにお考えの方もいらっしゃるかもしれません。確かに、ただ楽しめ楽しめとだけ言われても、困っちゃいますよね。何かしらの糸口があるならば、それを知っておくに越したことはない。

……もちろん、そうした糸口はあります。

そして実は、本書の第1章および第2章で、それはすでに実践しているんですね。例えば第1章では芥川龍之介『ピアノ』の解釈を楽しみましたが、そこでは〈リアリズム／オカルティズム〉という対比を軸に、それらが統合されることによって生じる美というものを読み取ってみました。

あるいは、第2章での梶井基次郎『桜の樹の下には』の読みにおいても、〈生殖の美／屍体〉という対比を参照しながら、作品に、様々な意味を解釈しました。

何かと何かを比べること――すなわち〈対比〉は、人の思考の基本です。だとするならば、その〈対比〉をあぶりだすことによって、作品に潜在する意味を一つひとつ読み込んでみるという方法は、かなり有効なものとなるはずですよね。

ですから、よくわからない――けれども、何かしら魅力を感じてしまうような文章に出会った際には、まず、文章中から読み取れる〈対比〉の関係を探し出してみる。そうした作業から解釈を始めてみることをオススメします。

そして、もう一つ。

第2章『桜の樹の下には』では、

〈心に映る世界は、惨劇とのバランスのとれた対照において成り立つ〉という自己の世界の構成原理に固執して、桜の樹の下に屍体を幻想する「俺」

という内容を読み取ったうえで、今度はその内容を前提として作品を読み返し、そこに綴《つづ》られたいくつかの表現を味わってみましたよね。つまり、私たちは、

作品から読み取った内容を一つの前提として、その前提を参照しながら作品を解釈し直してみる

ということをしたわけです。

ここで、〈コード〉という概念を紹介したいと思います。

〈コード〉とは、規則とか法則といった意味を表わす言葉です。言葉をめぐる規則

といえば、多くの方は文法などを思い出すことでしょう。なるほど、〈この語順でこの単語がきたらこういう意味〉とか〈この助詞がつくことで、この名詞はこういう働きを持つことになる〉等の文法規則は、〈コード〉の最も端的な例と言えます。

ただし、〈コード＝文法〉と単純化して捉えるのは、ちょっとまずい。

なぜなら〈コード〉は、もっと広い意味を持つ概念であるからです。

例えば、本書『スマホ片手に文学入門』では、コトバンクで語句の検索をすることを推奨してきました。もちろん、本章でもたくさん活用させてもらいます。つまり、宮沢賢治『やまなし』を読むうえでも、何かしら意味を知らない語句などに出会ったら、サクッと調べる――わけですが、実はこのとき、私たちは知らず知らずのうちに、〈コード〉という考え方に沿った頭の使い方をしているんですね。

コトバンクに限らず、辞書には、まず、見出し語があります。

次に、その見出し語についての解説が続く。

じ‐しょ【辞書】
①ことばや文字をある観点から整理して排列し、その読み方、意味などを記した書物。

などというように。そしてここに、

「辞書」という語は、「ことばや文字をある観点から整理して排列し、その読み方、意味などを記した書物」という意味を表わす。

（コトバンク「精選版　日本国語大辞典」より）

というルール――すなわち〈コード〉が示されていることにお気づきでしょうか。そう。文法規則が〈コード〉であるなら、こうした〈●●という語は〇〇という意味である〉という辞書的な定義もまた、〈コード〉であるということです。

ただし、です。

ここに紹介した二つの〈コード〉は、いずれも、小説の読者が勝手に作るものではなく、その言語を使用する人々の皆で共有する〝公共的〟な知識です。

でも、それだけでは面白くない。

どうせなら、その文章を読んでいる人が、自分なりの読み取りを通じて、その文章を解釈するうえでの〈コード〉を自身で立ち上げてしまおう――〈コード〉という概念を、そんな積極的なかたちで応用していこうとする考え方もあるんですね。

もうお気づきかと思います。

繰り返しますが、私たちは第2章で、『桜の樹の下には』について、

〈心に映る世界は、惨劇とのバランスのとれた対照において成り立つ〉という自己の世界の構成原理に固執して、桜の樹の下に屍体を幻想する「俺」

という内容を読み取ったうえで、今度はその内容を前提として作品を読み返し、そこに綴られたいくつかの表現からあれこれの解釈を導き出してみました。そしてここに言う「前提」というのが、まさに、自分自身の読み取りにおいて立ち上げる〈コード〉ということになるわけです。

自分なりに読み取った内容を〈コード〉として参照しながら作品を再読し、そこに新たな意味を解釈する。

これがですね、ハマると、実に面白いんです。

だからみなさんにも、どんどん試してみてほしい。

ちなみに、〈コード〉という概念は、それを用いる人や学問によってけっこうなズレや幅があり、ここに説明したことは、そのごくごく基本的なもの過ぎません。

例えば、第1章では「雨のふる秋の日」という表現に着目し、そこから「秋雨」そして「長雨」という語を連想、そのうえで、古典における「長雨」の使われ方を参照し、「何かしら物思いに耽りながら……」といった憂鬱な雰囲気を解釈してみました。ここで参照したのは、古典という、私たちの共有する文化におけるお約束事＝〈コード〉ということになります。

あるいは、同じく第1章で、「月も風立つた空に時々光を洩《も》らしてゐた」という表現について、『竹取物語』のなかの語りを参照しながら、不吉な雰囲気を解釈してみました。これなども、文化的な〈コード〉の典型と言えるでしょう。

さらには、これもまた第1章で、「誰もいないのにピアノがひとりでに鳴る」という謎に着目しましたよね。同様に第2章『桜の樹の下には』でも、「桜の樹の下には屍《し》体《たい》が埋まっている！」という冒頭の語りが、あまりにも謎でした。

私たち読者は、作品を読み進めていくうえで謎と出会うと、……ん？　どういうことだ？

……なぜだろう？

などと、その謎を解き明かそうという思いに駆られるはずです。ここでは、「謎が示されたからにはそれが解き明かされる展開になるはずだ」という法則＝〈コード〉が働いていますよね。私たちはそうした〈コード〉に乗っかって、文章を読み進めていこうとするわけです。

実は、他にも〈コード〉のバリエーションはあるのですが、ここで止めておきます。

かつ、本章では、

自分なりに読み取った内容を〈コード〉として参照しながら作品を再読し、そこに新たな意味を解釈する

という意味での〈コード〉を中心として話を進めていきますので、文化的〈コード〉

や謎という〈コード〉などについて考えると混乱してしまう、という人は、それらはいったん忘れてしまってかまいません。とにかく、自分なりの読み取りを〈コード〉として再読する、という読書の楽しみ方を知ってほしいと思います。

なお、私がこうした意味での〈コード〉の説明をするとき、「自分なり」「自分自身の」という言い方を多用していることにお気づきでしょうか。ここはこだわっておきたいのですが、作品中から〈コード〉を立ち上げそれを解釈に応用するのは、あくまで読者である自分自身です。つまり、そこに読み取った意味は、〝作者の意図〟や〝作者の気持ち〟などといったものではない、ということ。なぜこの点にこだわるのか、ということについては、本章の最後でお話ししようと思っています。

さあ、何はともあれ、〈対比〉と〈コード〉です。

この二つの〝道具〟を用いると、宮沢賢治の名作『やまなし』は、いったいどのように解釈することができるのでしょうか……？

§2 対比から何が見えるか

ここで一つ、『やまなし』について私が「?」と思ったところ――すなわち、謎、ですね――を指摘しておきたいと思います。

この作品は、語りの設定が普通の物語とはちょっと違いますよね。というのも、描かれるのはすべて「幻燈」の中の世界であることが、冒頭で示されているのです。

小さな谷川の底を写した二枚の青い幻燈《げんとう》です。

それだけではありません。蟹の兄弟の物語が閉じられた後にも、

私の幻燈はこれでおしまいであります。

と、やはり語られた物語が「幻燈」によって映されたものであることが念押しされているわけです。コトバンクで調べると、「幻燈」は「幻灯」という表記で、例えば以下

のように説明されています。

①（magic lantern の訳語）ガラス板に彩色して描いた風景等の画像やフィルムに写した像を、強い光で照らし、その前方に凸レンズを置き拡大して映写幕へ映して見せるもの。ドイツ人キルヘルの発明したもので、映画以前にはやり、特に明治時代に流行した。スライド。写し絵。〔英和対訳袖珍辞書（1862）〕
②「げんとうき（幻灯機）」の略。

語誌 これに類するものは、東洋では古くからあり、西洋のレンズ付きの幻灯も一八世紀末までにすでに伝来していたが、「写し絵」「影絵」などと呼ばれていた。「幻灯」は、学校教育を通じて知られるようになり、明治二〇年代、幻灯機が爆発的に売れたことなどから定着した。

（コトバンク「精選版　日本国語大辞典」より）

なるほど、機械としての仕組みは、なんとなくわかりますよね。現代を生きる私たちからすれば、幻灯機という装置も、あるいはそれによって映し出されるであろう映像も、いかにもノスタルジックなものとして思い起こされるかもしれません。

ただ、右の解説には、「映画以前にはやり、特に明治時代に流行した」あるいは「明治二〇年代、幻灯機が爆発的に売れたことなどから定着した」などとあります。

青空文庫の『やまなし』には、この作品の初出が1923年（大正12年）4月8日であると記されています（「「岩手毎日新聞」岩手毎日新聞社に掲載）。

幻灯機が「明治二〇年代」にすでに「定着し」ていたことを考えるなら、「大正12年」にあっては、それは必ずしも最新のテクノロジーというわけではなかったのかもしれません。けれども、少なくとも、旧時代のレトロな道具というものでもなかったでしょう。おそらくは、当時における〝それなりに現代的〟な科学技術を象徴するものであったはずです。同じくコトバンク「改訂新版　世界大百科事典」には、このような解説もあります。

明治初期には〈幻灯〉の訳語もつくられ、視覚教材として学校でも盛んに利用されるようになり、日清戦争前後には国産品も生産され家庭へ普及した。1935年ころには種板もガラスからフィルムに、光源も灯油ランプから電灯に変わったが、劇場映画や家庭用8ミリの浸透により駆逐された。

この記述からは、『やまなし』が発表された1923年には、「幻灯」はまだまだ現役で活躍していたことがうかがえます。少なくとも当時の読者にとって、ノスタルジーを感じさせるようなレトロな機器ではなかったということは言えそうです。私たちにとってのパソコンとか、スマホとか、まさにそのようなメディアであった可能性が高い。

しかも、「学校でも盛んに利用されるようになり」とあります。同様の指摘は、「精選版 日本国語大辞典」にも「学校教育を通じて知られるようにな」ったと述べられていましたよね。実はこの「幻灯」と「学校」との関係については、「デジタル大辞泉」も、「学校教材・宣伝などにも用いられる」と解説しています。

……つまり、宮沢賢治『やまなし』もまた、学校の生徒を対象に語られている可能性がある――？

となると、『やまなし』の語り手が、ここに語られる物語を「幻燈」として示すことにこだわる理由も、以下のように解釈することができるのではないでしょうか。すなわちここには、〈現代のテクノロジーを用いて、生徒たちに見せるという設定の重要性〉が示唆されている、と。

生徒たちに見せているなら、語り手「私」は教師である可能性が高い。

教師が、自分の生徒たちに、現代のテクノロジーを使った機器を用いて何かを伝えようとする――という設定を想定するなら、この物語『やまなし』について、そこには語り手「私」から生徒に発されたメッセージ、すなわち何かしらの〝教育的意図〟が込められていると考えてみるのも面白いでしょう。旧時代の道具ではなく、現代のテクノロジーである「幻灯」を用いたことも、その〝教育的意図〟がより効果的に実現されることを期待してのことと読み取ることができるかもしれません。現代で言うなら、まさにICT機器を活用した教育、ということになりましょう。

では、『やまなし』から解釈できる、語り手「私」の〝教育的意図〟とはいったいどのようなものなのでしょうか。

メモ 『やまなし』から読み取れる〝教育的意図〟とは？

まず、『やまなし』の中に散りばめられている〈対比〉を探してみましょう。語句レベルでの〈対比〉でもいいですし、ストーリーレベル、あるいは世界観レベルでの〈対比〉でもかまいません。「あ、こことここが比べられている！」と気づくポイントを、できれば皆さんも、スマホのメモ帳などに書き出してみてください。
どうでしょうか。
私は、以下のように整理してみました。

・蟹の子供ら／お父さんの蟹
・上流／下流
・上のほうの世界／水の底の世界
・一、五月／二、十二月
・小さかった蟹の子供ら／大きく成長した蟹の子供ら
・クラムボン／泡
・かわせみ／やまなし

他にもたくさん見つけられると思いますが、今回は、ここに挙げてみた〈対比〉に則って、あれこれ考えてみたいと思います。

01 二疋《ひき》の蟹《かに》の子供らが青じろい水の底で話していました。

「一、五月」の語り出しにある、「二疋《ひき》の蟹《かに》の子供ら」と、50行目から登場する「お父さんの蟹」が、〈対比〉の関係にあるのは明らかです。それはもちろん、〈大人／子ども〉という、私たちも日常的に参照する枠組みから成る〈対比〉です。けれども、そこで話を止めてしまっては面白くないので、この〈蟹の子供ら／お父さんの蟹〉という〈対比〉に着目するといったいどのような読みが可能なのか、それを考えてみたいと思います。

蟹の子供らは、冒頭からしばらく、「クラムボン」について語り合っています（もちろん「クラムボン」そのものについての解釈もしますが、それはちょっと後に残しておきたいので、いまはまだお待ちください）。

子どもたちは、最初「クラムボン」について、それが「わらった」ことを話題にしておしゃべりしていますね。けれどもすぐに、それは「死ん」でしまったと言います。あるいは、「殺され」てしまった、と。

つまり、子どもたちは、すでに「死」という言葉を知っているわけです。ならば、子供たちは「死」という概念を理解しているのかと言えば、それはちょっと怪しい。以下の語りを見てください。

『クラムボンはわらったよ。』
『わらった。』

なんと、さっき死んでしまった、あるいは殺されてしまったはずの「クラムボン」が、復活してしまっています。つまり蟹の兄弟は、死というものが、その存在の消滅であり、もう二度と生き返ることはないのだということを理解していないのです。

『それならなぜ殺された。』兄さんの蟹は、その右側の四本の脚《あし》の中の二本を、弟の平べったい頭にのせながら云《い》いました。
『わからない。』

ここで「わからない」と言うのは、「クラムボン」が「殺された」理由です。けれどもおそらく、この「わからない」には、存在にとっての死というもの、あるいは死ということそのものについて、兄や、もちろん弟も、理解していないということを含意しているのではないでしょうか。

こうした、この兄弟における〈死がわからない〉というテーマは、以下のような展開によってもほのめかされています。もう一度右に引用した箇所を参照しましょう。

『それならなぜ殺された。』兄さんの蟹は、その右側の四本の脚の中の二本を、弟の平べったい頭にのせながら云いました。

『わからない。』

死という出来事をめぐる理由——言い換えれば、死という現象の背後にあるものについて、幼い蟹は、それを理解していないわけです。けれども、次の箇所はどうでしょうか。

『お魚はなぜああ行ったり来たりするの。』

弟の蟹がまぶしそうに眼《め》を動かしながらたずねました。

『何か悪いことをしてるんだよとってるんだよ。』
『とってるの。』
『うん。』

「お魚」が「行ったり来たりする」という出来事について、兄は、「何か悪いことをしてるんだよ」と、その理由について語っています。しかも、「何か悪いこと」という言い方は、読点さえ挟まずに、即座に「とってるんだよ」と、具体的な行為として言い換えられています。この認識が正解であるかどうかはわかりませんが、少なくとも魚の行動という現象の背後にあるものについて、それを理解している。あるいは、理解したつもりになっている。

それならば、死という現象と魚の行動という現象との違いとは何でしょうか。いろいろなことが言えるとは思いますが、二人の蟹の子どもたちにとって、魚の行動は、いま、実際に目にしている具体的な出来事です。

それに対して、死は違う。

二人は「クラムボン」が死んだとは言っていますが、実際には「クラムボン」は生き返っていますよね。つまり、そこに死は生じていないわけです。

兄弟は、死ではないものに対して、それを死だと誤解している。

ということはつまり、この兄弟は、死というものを、具体的な出来事としてその目で見たことがない可能性が高いと言えるのではないでしょうか。

すなわち、この子どもの蟹たちにとって、死とはあくまで抽象的な概念としてあるものなのです。そしてそうした抽象的な概念については、「わからない」と思考を停止してしまう。

……いや、そもそも、です。

はたして私たちは、死なるものを具体的に知覚、あるいは経験することができるのでしょうか。私たちが目で見、耳で聞き、あるいは手で触れてきた死なるものは、すべて、死そのものではありません。それらはあくまで他人の――ここでの「の」は、所有の意味を表わすとお考え下さい――死であり、私たちには、その具体的なありようを認識することができないのです。

それだけではありません。

他ならぬこの私が経験することのできる死は、他ならぬこの私の死だけです。そしてそれを真に経験してしまったなら、そこにもう私は存在しなくなってしまっているわけですから――つまるところ、私は私のままで、死というものを直接かつ具体的に知ることはないとすら言えてしまう。

であるなら、このように結論することもできるでしょう。

すなわち、「死とは、万人にとって〝抽象的な概念〟である」、と。

ともあれ、魚の行動という具体的な現象については、子どもたちだって、それなりに思考を働かせることができる。しかしながら、死という抽象的な概念については、深く考えることはできない……。

魚の行動という現象…具体的な出来事↓それについて思索できる
死という現象…抽象的な概念↓それについて思索できない

具体性を離れた思考を不得手とする。

これは、いかにも〈子ども〉らしい認識のありようと言えるでしょう。

ちなみに、蟹の兄は、「それならなぜクラムボンはわらったの」という弟の問いにも、

「知らない」と答えています。右に示した〈子どもは抽象的な概念については思索できない〉という読み取りを参照するなら、死と同じく兄が思考を停止せざるを得なかった「クラムボン」もまた、少なくともこの時点では、兄弟にとって、確固たる存在としてあるものではないという仮説が成り立ちます。この点については、また後で、じっくり考えることとしましょう。

さて、〈大人／子ども〉という〈対比〉を前提とし、このような「二疋の蟹の子供ら」と対照される「お父さんの蟹」のほうはどうでしょうか。

かわせみが魚を襲う様子を目にした蟹の子どもは、父親に、こんな質問をします。

『お父さん、お魚はどこへ行ったの。』

これに対して、父親は、

『魚かい。魚はこわい所へ行った』

と答えていますね。もちろん、私たちには、この「こわい所」が死を象徴するものであることがわかります。しかも、なぜ父親が死を「こわい所」などと表現したのか、その意図も想像することができるでしょう。

ここで「所」というのは、具体的な場所を表わす言葉です。

これに対して、死は、抽象的な概念です。

つまり、父親は、

子どもたちに死という抽象概念を理解させることは難しいだろう。正確な説明とは言えないが、いまは方便として、子どもたちにもイメージしやすい具体的な言い方で「こわい所」と表現しておこう。

などと配慮したのでしょう。大人と子どもの会話において、しばしば耳にするやりとりですし、「ああ、私も子どもの頃、『死んだら雲の上にいく』などと言い聞かされたことがあるなぁ」などと思った方も少なくないのではないでしょうか。

そして、このような読み取りが妥当であるとするなら、蟹の父親は、死という抽象概念について、少なくとも子どもたちよりはそれを考えることができるとわかります。
ここに、〈大人／子ども〉という〈対比〉は、

・大人…抽象的なものについて思索できる。
・子ども…抽象的なものについて思索することを不得手とする。

という、思索や認識をめぐる深度の差として言い換えられることになります。

メモ　大人…思索や認識の深度が深い／子ども…思索や認識の深度が浅い

02 一、五月／二、十二月

作品『やまなし』は、「小さな谷川の底を写した二枚の青い幻燈です」という語り出しと「私の幻燈はこれでおしまいであります」という締めの言葉に挟まれたかたちで、「一、五月」という前半パートと、「二、十二月」という後半パートの、二部で構成される物語です。この、〈前半／後半〉という形式も、物語の構成という観点から見れば、

一つの〈対比〉であると言えるでしょう。

そして、この〈対比〉の意味するところは――もちろんいろいろな指摘はできると思いますが――、なんと言っても、後半「二、十二月」の冒頭、

蟹の子供らはもうよほど大きくなり

という語りに顕著に現れている。

「一、五月」と「二、十二月」との〈対比〉。

それは、単に二つの月や季節を比べているだけではなく、「五月」から「十二月」に至るまでの〝時の流れ〟をも表しているのであり、それは同時に、「蟹の子供ら」が「よほど大きくな」ったこと、すなわち〝蟹の子どもたちの成長〟を示すものでもあるわけです。

そのことは、例えば、以下のようなくだりからも読み取れます。


『お父さん、僕たちの泡どっち大きいの』

『それは兄さんの方だろう』

『そうじゃないよ、僕の方大きいんだよ』弟の蟹は泣きそうになりました。

蟹の兄弟は、どちらの吹く泡が大きいかを競っていましたよね。しかも、弟のほうは、かなりむきになって〝自分の勝ち〟を主張する。ここには、弟における自我の芽生えが表現されていると言えましょう。「一、五月」にはこうした競い合いが語られていないわけですから、「五月」から「十二月」にかけて、弟の自我が育まれていったことがわかります。まさに、この二つの時期の〈対比〉は、〝蟹の子どもたちの成長〟を示すものであるということです。

さて、ここで、01で作成したメモを振り返ってみましょう。

メモ　大人…思索や認識の深度が深い／子ども…思索や認識の深度が浅い

こうした解釈を前提とするならば、『やまなし』の後半「二、十二月」には、どのようなことが語られる可能性が高いでしょうか。

子どもは世界や出来事を思索したり認識したりする深度が浅いんです。

けれども、そんな子どもだった二疋の蟹は、「五月」から「十二月」までのあいだに、「よほど大きく」成長した。

ということは、必然的に、蟹の兄弟における思索や認識の深度は、前半「一、五月」に比べるなら、深まっていなくてはおかしいですよね。

では、実際のところはどうでしょうか。

皆さん、ぜひ、もう一度本文を読み返してみてください。そして前半と後半を比較して、「あ、確かに兄弟が世界を認識するありようは、深まっているな」と思えるポイントがあるかどうか、探してみましょう。

……いかがでしょうか。

いろいろなことが言えると思うのですが、私は、以下の点に着目してみました。

前半「一、五月」で魚を襲う「かわせみ」について、蟹の子どもは、それを以下のように形容しています。

・青いもの
・おかしなもの

・青くてね、光るんだよ。はじがこんなに黒く尖ってるの。

初めて見た〝何か〟について、持てる語彙を駆使しながらなんとかそのありようを説明しようと必死になっています。そしてその懸命の言葉が功を奏したか、父親は、子どもたちが見たものが何であるかに気づき、「ふうん。しかし、そいつは鳥だよ。かわせみと云うんだ」と、その子どもにとって〝よくわからないもの〟の名前を教えてくれるのです。

ここで、子どもたちの世界は、一段階、クリアになります。

父親に「かわせみ」という名前を教えられる以前は、「天井」すなわち「水の底」から見上げた川面の向こうから突如として飛び込んできて、魚をとって去っていってしまう何かは、繰り返しますが、〝よくわからないもの〟です。

ところが、父親はその〝よくわからないもの〟に対し、「かわせみ」という名前を与えました。

このことによって、子どもたちが世界を認識するありようは、一つ、深みを増したと言えますよね。

だからこそ、です。

後半「二、十二月」の以下の語りを見てください。

そのとき、トブン。

黒い円い大きなものが、天井から落ちてずうっとしずんで又上へのぼって行きました。キラキラッと黄金《きん》のぶちがひかりました。

『かわせみだ』子供らの蟹は頸《くび》をすくめて云いました。

同じく「天井」から飛び込んできた何かについて、蟹の兄弟は、即座にそれを「かわせみだ」と呼んでいますよね。もちろん、これは誤解で、実は飛び込んできたものは「かわせみ」ではなく「やまなし」だったわけですが、しかしそれは結果論であって、少なくとも兄弟の世界を見る目は、前半に比べて正確性を増していると言える。さらに言うなら、今後は、「天井」から何かが飛び込んでくるたびに、それが「かわせみ」であるという可能性と、「やまなし」であるという可能性、その二つの選択肢を選ぶことができるようになるのですから、彼らにとって、世界は、より細分化されて把握されたとも言えるはずです。

いかがでしょうか。

やはり、前半「一、五月」に比べて、後半「二、十二月」においては、蟹の兄弟の世界を認識する度合いが深まっている、そう結論することができるのではないでしょうか。

メモ　子ども…成長するにつれ、世界をより深く認識できるようになる。

03 クラムボンはわらったよ。

さあ、「クラムボン」です。

おそらく少なからぬ読者の皆さんは、国語の教科書を通じて『やまなし』と出会ったのではないかと思います。そしてきっと、この「クラムボン」という言葉に「!?」となったことでしょう。先生によっては、「この『クラムボン』ってなんだと思う?」と皆さんに質問なさる方もいらしたでしょうし、あるいはそうでなくとも、皆さん自身が、「クラムボン」とは何者なのか、あれこれとお考えになったかもしれません。

ちょっと、「クラムボン」で検索をかけてみましょうか。

まず、バンドのクラムボンがヒットしました。

ワインの銘柄にもあるようですね。

パン屋さんの名前にも使われているみたいです。

意味のぜんぜんわからない言葉であるにもかかわらず、人口に膾炙《かいしゃ》し、多くの人々に愛されていることがわかります。不思議ですよね。何がこの言葉をそんなに魅力的にするのでしょうか。意味がわからないのに印象に残るのは、きっと、言葉の響きのためかもしれません。クラムボン。実際に口にしてみると、なんだか楽しい。

ただ、本書ではやはり、解釈すること、すなわち、この「クラムボン」という言葉の意味を考えることにこだわりたいと思います――と言っても、何かヒントは欲しいなということで……ありました、ありました。ウィキペディア、すごい。「クラムボン」で項目が立っています。

・宮沢賢治の短編童話「やまなし」に登場するもの。何を指しているのかは判然とせず、様々な説がある。その中では泡という説や、トビケラの幼虫という意味もある。

・クラムボン（バンド）――日本のバンド。

「何を指しているのかは判然とせず、様々な説がある」とありますね。けれども、その有力な候補として、「泡」と「トビケラの幼虫」が挙げられています。あ、なんとウィキペディアには、物語『やまなし』の項目も立っていました。もちろん読んでみましょう。するとなんとなんと、そこには「クラムボン」についての諸説が紹介されているではありませんか。これはぜひぜひ参考にさせてもらいましょう。

文中で蟹たちが語る「クラムボン」と「イサド」が何を指しているのかは分からない。「イサド」については話の内容からして場所の名前ということだけがわかっているが、「クラムボン」についてはその正体に対して様々な議論が繰り広げられている（以下、参考サイト[1]を参照した）。英語で蟹を意味するcrab（筑摩書房出版・「新修 宮沢賢治全集」より）や鎹・アイゼンを意味するcrampoonに由来するとする説、アメンボ説（十字屋書店版の注釈より）、泡説（鈴木敏子・続橋達雄などが支持。出自不明）、光説（中野新治などが支持。出自不明）、母蟹説（福島章などが支持）、妹のトシ子説、全反射の双対現象として生じる外景の円形像説（近畿大学教授の伊藤仁之が提唱）、「蟹の言語であるから不明」とするものや、蟹の兄弟にとって初めて見る、やまなしの花につけた造語だったとするもの、kur（人）ram（低い）pon（小さい）という「アイヌ語でコロボックル」だという説（山田貴生）、あるいは「解釈する必要は無い」とするもの（佐野美津男などが支持）、人間という説もある。光村図書の小学校教科書に掲載された際には、クラムボンについて「水中の小さな生き物」との注釈が挿されたが、旧課程版では「正体はよくわからない」とも注釈されたことがある。現在の国語の教科書では、「作者が作った言葉。意味はよくわからない。」とされている。
＊「参考サイト[1]」とは、「宮沢賢治／やまなしクラムボンの正体」のこと。
http://yamanasi.yoimikan.com/kuramubon.html

いやー、いろいろな説があるんですね。多くの人たちが、この「クラムボン」という言葉に魅了され、ああでもないこうでもない、と考えたり議論をしたりしてきたことがわかります。ちなみに私が30年くらい前に読んだ本（すみません、著者も題名も覚えていません……）の中では、宮沢賢治が法華経を熱心に信仰していたということを踏まえ、仏教的な哲学を〈コード〉として、「クラムボン」という言葉を、仏教における〈空《くう》〉の思想の象徴であると解釈していました。これなんかも、とても面白い読みだと思います。

では、私はどう考えるのか、となると……いまのところ、最も近いのは、「意味はよくわからない」という説でしょうか。もっとも、私は、単に意味がわからないだけではなく、〈意味はわからないけれども、その言葉の響きから人々を魅了し、そして人々に、その意味を解釈したいという欲望を抱かせるもの〉と受け取っていますが。

でも、じゃあだからといって他の説を否定するかといえば、そんなことはまったくないんですね。

「トビケラの幼虫」、「アメンボ」という解釈も面白い。

「母蟹」や「妹のトシ子」という受けとり方については「えっ⁉」と思ってしまいますが、それでも、どうしてそのような読みをしたのか非常に興味があります。

あるいは「光」なんていうのは十分にありそうな気がするし、さらには「全反射の双対現象として生じる外景の円形像」という説明など、正直に告白すると何を言っているのかよくわからないのですが、でも、なんとなく、説得力がある。「そうかもしれない」などと、ついつい頷いてしまいたくなります。

繰り返しますが、私は、「クラムボン」については〈意味はわからないけれども、その言葉の響きから人々を魅了し、そして人々に、その意味を解釈したいという欲望を抱かせるもの〉と考えていて、そう考える根拠が、こうした様々な解釈をこの語が生み出し続けてきたという事実なんですね。だから、「クラムボン」が何かということについて、それを一つの〝正解〟として固定してしまうことに、あまり意味を感じないんです。

ただ――そうはいっても、「可能性としては、やっぱりこれが高いんだろうなあ」と思う考え方はあります。

それは、「泡」説です。

これは私の勝手な思い込みかもしれませんが、皆さんのなかにも、〈クラムボン＝泡〉説を支持する人は少なくないのではないでしょうか。ちなみに私が小学校の授業で『やまなし』を習ったとき――なにぶん大昔のことですから記憶もあやふやではありますが――やはり、「泡」説を支持した級友たちが多かった気がします。

『やまなし』の冒頭箇所を読み直してみましょう。

二疋《ひき》の蟹《かに》の子供らが青じろい水の底で話していました。

『クラムボンはわらったよ。』

『クラムボンはかぷかぷわらったよ。』

『クラムボンは跳《は》ねてわらったよ。』

『クラムボンはかぷかぷわらったよ。』

上の方や横の方は、青くくらく鋼《はがね》のように見えます。そのなめらかな天井《てんじょう》を、つぶつぶ暗い泡《あわ》が流れて行きます。


兄弟が「クラムボン」をめぐって言葉を交わした直後の描写に、「そのなめらかな天井を、つぶつぶ暗い泡が流れて行きます」とあります。


『クラムボンはわらっていたよ。』

『クラムボンはかぷかぷわらったよ。』

『それならなぜクラムボンはわらったの。』

『知らない。』

つぶつぶ泡が流れて行きます。蟹の子供らもぽっぽっぽっとつづけて五六粒《つぶ》泡を吐《は》きました。それはゆれながら水銀のように光って斜《なな》めに上の方へのぼって行きました。

ここでも、「クラムボン」についての会話の後、「つぶつぶ泡が流れて行きます」と語られています。さらに、「蟹の子供らもぽっぽっぽっとつづけて五六粒泡を吐きました」、あるいは「それはゆれながら水銀のように光って斜めに上の方へのぼって行きました」と、兄弟の吐く「泡」に焦点を当てた描写が続いていますね。ここまでくれば、「クラムボン」と「泡」とが無関係であるとは、ちょっと考えにくい。むしろ多くの読者は、「あー、蟹の兄弟は、自分たちが遊んで吐く泡のことを、『クラムボン』って名づけているんだな」と感じるはずです。

つうと銀のいろの腹をひるがえして、一疋の魚が頭の上を過ぎて行きました。
『クラムボンは死んだよ。』
『クラムボンは殺されたよ。』
『クラムボンは死んでしまったよ………。』

『殺されたよ。』

ここまでの読み方を踏まえるなら、この場面も、「魚」によって「泡」が壊されたことを、〈クラムボンの死〉として表現しているのだと解釈されますよね。そしてだからこそ、

魚がまたツウと戻《もど》って下流のほうへ行きました。

『クラムボンはわらったよ。』

『わらった。』

という〈クラムボンの復活〉について、「魚」がこの場を去ってしまったことにより、再び兄弟たちの泡が目に見えるようになった——そう、読み取ることになるのではないでしょうか。

しつこいようですが、私は、「クラムボン」の正体を一つに固定することにはあまり意味を感じません。けれども、それを「泡」と読むことは、とても自然な受け取り

方だと思いますし、かなり妥当性が高いと直感します。
それに、今回この『やまなし』についてここまで考えてきたことを踏まえるなら、やはり、〈クラムボン＝泡〉説を推さざるを得なくなるんですね。
というのも、私たちはこの『やまなし』について、

大人…思索や認識の深度が深い／子ども…思索や認識の深度が浅い

という〈対比〉を見出しました、そのうえで、前半「一、五月」と後半「二、十二月」との対照性に着目し、月日の経過に伴い、蟹の兄弟の世界を認識する度合いが深まっていることも確認したのです。

子ども…成長するにつれ、世界をより深く認識できるようになる。

つまりは、この『やまなし』に、〈世界認識の深化〉という〈コード〉を想定したということです。そしてこの〈コード〉を参照しながら読むと、「二、十二月」の冒頭付

近の以下のやりとりは、非常に興味深いものとなる。

蟹の子供らは、あんまり月が明るく水がきれいなので睡《ねむ》らないで外に出て、しばらくだまって泡をはいて天上の方を見ていました。

『やっぱり僕《ぼく》の泡は大きいね。』

『兄さん、わざと大きく吐いてるんだい。僕だってわざとならもっと大きく吐けるよ。』

「一、五月」と「二、十二月」は、構成的に対の関係にあることは明らかです。意味的にも、〈世界認識…浅↓深〉というコントラストを読み取ることができました。つまりここに引用した一節は、「一、五月」の冒頭――すなわち、「二疋の蟹の子供ら」が「水の底」で「クラムボン」について話しているシーンと対照されていると取ることができるわけですね。

となれば、この事実を看過することはできません。

「一、五月」で「クラムボン」について語り合っていた一節と対になる「二、十二月」

のこのシーンでは、蟹の兄弟が見上げ、その名を口にしているのは、はっきりと「泡」であるという事実を。
先ほど、私が01でこのようなことを述べたのを覚えているでしょうか。

ちなみに、蟹の兄は、「それならなぜクラムボンはわらったの」という弟の問いにも、「知らない」と答えています。右に示した〈子どもは抽象的な概念については思索できない〉という読み取りを参照するなら、死と同じく兄が思考を停止せざるを得なかった「クラムボン」もまた、少なくともこの時点では、兄弟にとって、確固たる存在としてあるものではないという仮説が成り立ちます。この点については、また後で、じっくり考えることとしましょう。

そう。「一、五月」の時点では「確固たる存在としてあるものではな」かった「泡」は、それゆえに「クラムボン」と表現されたのではないでしょうか。はっきりとした形を持ち、「鉄いろ」と形容される「魚」に比べ、不定形で、透明で、現れては消え、消えては現れる「泡」は、なるほど、よくわからないものとして二人の目の前にあったと考えることができる。

ところが、時がたち、成長するにつれ、二疋の兄弟は——「おかしなもの」を「かわせみ」と呼ぶと知ったように——それが「泡」であることを知った。つまり、世界に対する認識を深めた。であればこそ——「二、十二月」では、もはや二人はそれを「クラムボン」とは呼ばない。はっきりと、「泡」と言うのです。もうお気づきかと思いますが、「二、十二月」では、冒頭付近のみならず、この段全体で、「クラムボン」という言葉は一度も唱えられることがないのです。

〈クラムボン／泡〉という対比。

ここにもやはり、〈世界認識の深化〉という〈コード〉を読み取ることができるのではないでしょうか。

メモ　〈世界認識の深化〉という〈コード〉

04　小さな谷川の底を写した二枚の青い幻燈《げんとう》です。／私の幻燈はこれでおしまいであります。

物語『やまなし』を開き、そして閉じる、この対となる語りについて、もっと考えてみたいと思います。

本章の前半のほうで、私は、この対となるフレーズの「幻燈」という言葉にこだわり、そこから解釈し得る設定や意味について、このようにまとめてみました。

教師が、自分の生徒たちに、現代のテクノロジーを使った機器を用いて何かを伝えようとする――という設定を想定するなら、この物語『やまなし』について、そこには語り手「私」から生徒に発されたメッセージ、すなわち何かしらの〝教育的意図〟が込められていると考えてみるのも面白いでしょう。旧時代の道具ではなく、現代のテクノロジーである「幻灯」を用いたことも、その〝教育的意図〟がより効果的に実現されることを期待してのことと読み取ることができるかもしれません。現代で言うなら、まさにICT機器を活用した教育、ということになりましょう。

こうした読み取りを踏まえ、さらに〈世界認識の深化〉という〈コード〉も参照するならば、そこにはいったいどのような意味を読み込むことができるのか。

今回は、この対となる二つの文を比較して、その〝違い〟を洗い出すところから始めてみたいと思います。

小さな谷川の底を写した二枚の青い幻燈です。
⟷
私の幻燈はこれでおしまいであります。

物語の始まりを告げる文と、「おしまい」を告げる文、という違いについては、ここでは横に置いておきましょう。いまこだわってみたいのは、「幻燈」という言葉について、その示し方の違いというか、紹介のあり方のズレというか、そういった点なんですね。

まず、「小さな谷川の底を写した二枚の青い幻燈です」のほうを見てみましょう。

この一文は、「幻燈」について、「小さな谷川の底を写した」、「二枚の」、「青い」という、三つの修飾語を有しています（「小さな谷川の底を写した」については、学校文法的には〝修飾部〟と呼ぶのが正確なのですが、ここではあえてその点は無視します）。
これに対して、「私の幻燈はこれでおしまいであります」のほうでは、「幻燈」にかかっていく修飾語は「私の」だけです。

つまり、「幻燈」を修飾する言葉の長短に着目する、ということ？

なるほど、そうした観点も非常に面白そうですね。せっかくですから、そこを起点として何か解釈することができないか、考えてみましょう。
対となるフレーズに現れる同一の概念について、一つ目のフレーズでは長く、つまり詳しく解説されていたのに、二つ目のフレーズでは短く、すなわち簡略に示されている――こうした書き分けについては、取り立てて珍しいものではないはずです。では、そうした書き分けをするとき、そこにはいったいどんな理由が考えられるでしょうか。

同じことを繰り返して言う必要はないから、すでに示してある情報については省略する、ということでは？

とお考えになった方、私もその意見に賛成です。話を『やまなし』で具体化するなら、

小さな谷川の底を写した二枚の青い幻燈です。

…「幻燈」を初めて紹介する文なので、その内容について詳しく示している。

⟷

私の幻燈はこれでおしまいであります。

…「幻燈」の内容は、すでに「小さな谷川の底を写した二枚の青い幻燈です」で示している（そしてその後、実際により細かに語っている）ので、詳しい情報については割愛している。

ということになります。

すでに示している、ということは、言い換えれば、その情報を読者と共有しているということでもありますよね。となると、この二文における「幻燈」にかかる修飾語

の長短の差は、そのまま、

最初は語り手だけのものであった物語世界が、最後には語り手と読者とのあいだで分かち持たれた

ということを象徴していると読むこともできるでしょう。

メモ　語り手と読者とのあいだでの、物語世界の共有？

05 私の幻燈

「小さな谷川の底を写した二枚の青い幻燈です」および「私の幻燈はこれでおしまいであります」という対の二文については、まだまだこだわりたい点があります。

いま確認したように、「幻燈」の内容を説明する言葉の情報量については、最初の文のほうが圧倒的に多く、二つ目の文については、あっさりと少ないものでした。

ただ、情報の質という点について考えてみると、実は、二文目は、一文目よりある

意味で具体的な内容を示しているとも言える。

まず、一文目中の「小さな谷川の底を写した」という言い方に着目してみましょう。

ここには、「写した」という述語があります。

この「写した」という述語が情報を不足なく伝えられる文を作るには、

○○ガ＋□□ヲ＋写した

という文型を要求するはずです。そして「□□ヲ」については、「小さな谷川の底を」と、しっかりと示されていますね。

では、「○○ガ」のほうはどうでしょう。

どこにもありませんね。

「○○ガ」に該当する要素をひとまず〈主語〉と呼ぶなら、一文目中の「小さな谷川の底を写した」には、「写した」の〈主語〉が示されていないということになります。

せっかくですから、〈主語〉という概念について、コトバンクで調べてみましょう。

② 文の成分の一つ。述語の示す動作・作用の主体、性質・状態をもつ本体を表わす。日本語では、主語は常に述語に先行し、また、主語が明示されなくても文が成り立つ。（後略）

（コトバンク「精選版　日本国語大辞典」より）

1 文の成分の一。文において、述語の示す動作・作用・属性などの主体を表す部分。「鳥が鳴く」「山が高い」「彼は学生だ」という文で、「何が」に当たる部分をいう。日本語では、主語がなくても文として成立する。

（コトバンク「デジタル大辞泉」より）

「精選版　日本国語大辞典」にも「デジタル大辞泉」にも論理学の用語としての「主語」についての説明があるのですが、今回は、日本語文法の「主語」についての解説をのみ、引用しています。

「小さな谷川の底を写した」の「写した」は、解説中の用語を使うなら「動作」を示す述語ということになります。すなわち「写した」の〈主語〉は、〈「写した」という述語の示す動作の主体〉と説明し直すことができる。要は「小さな谷川の底を写した」

というフレーズには、この〈「写した」という述語の示す動作の主体〉が示されていないということです。〝誰が〟写したのか、その情報が隠されているわけです。

ただ、この点について、両辞書ともに興味深い解説がありますよね。

・日本語では（中略）主語が明示されなくても文が成り立つ。
・日本語では、主語がなくても文として成立する。

なるほど、例えば愛の告白をするとき、英語なら〈I love you.〉と〈主語〉の〈I〉を示すところを、日本語の場合、「あなたが好きだ」「君を愛している」などと、相手を好きだと思う主体としての〈私〉については、明言しなくても文意が通じる——どころか、むしろ、そのほうが自然な言い方であるとすら感じられますよね。だから、「小さな谷川の底を写した」についても、日本語を母語とする人間なら、何も違和感なく読むことができる。

ただ、いま引き合いに出した「あなたが好きだ」「君を愛している」もそうですが、例えば他にも「晴れているから散歩に行こうかな」の「行こうかな」、「しまった。図書館に本を返すのを忘れていた」の「返す」や「忘れていた」などの主体については、何かしらの特殊な文脈や設定でもないかぎり、それが〈私〉であるとすぐにわかります。

では、「小さな谷川の底を写した」の「写した」についてはどうか。

この物語を初めて読んだり聞いたりする人であれば、「写した」という動作の主体が誰であるか、明言することはできないはずです。

ならば、この物語を最後まで読んだ人であれば、それをどう考えるか。

おそらく、〈主語 私が＋述語 写した〉と判断する可能性が高いのではないでしょうか。そしてそれはもちろん、「私の幻燈はこれでおしまいであります」という、『やまなし』を閉じる締めの言葉ゆえです。

「幻燈」は、この物語の語り手「私」が所有するものなのです。

しかも、そこに語られた物語は、この「私」以外には紡ぐことのできるはずもない、非常に個性的で独創的なものでした。

となると、「小さな谷川の底を写した」のもまた語り手「私」である、そう判断するのが自然な読みかと思います。

逆に言えば、どうなるか。

「小さな谷川の底を写した二枚の青い幻燈です」という冒頭の語りは、こうした「私」の存在を隠す言い方である――そう、言えるのではないでしょうか。

繰り返しますが、「散歩に行こうかな」の「行こうかな」とは違い、「小さな谷川の底を写した」の「写した」に関しては、その主体が〈私〉であることは最後にならないとわかりません。いくら「日本語では、主語がなくても文として成立する」といっても、この語り方は、不親切と言えば不親切です。だって、〈主語〉は「私」であるのに、そうとはわからない語り方で語り始め――そうして、最後の最後になって、やっと「私」であると明かすなんて……。

いや、ここを〝不親切〟と言ってしまうのはもったいないですね。

なぜなら、こうした一見すると「？」ってなったり「なんで？」って感じられたりするところにこそ、そこに何かしらの意味を読み取ってみること――すなわち、〈解釈〉という営みの醍醐味があるのですから。

「小さな谷川の底を写した」の「写した」の主体は、「私」です。

ところが語り手の「私」は、物語の出だしではそれを示さず、というか最後になるまで明かさなかった。

こうした語り方に何かしらの意味を解釈するなら、それはすなわち、

語り手が自らの存在を前面に出さず、むしろそれを隠して物語を語ることから生じる効果

として考えられることになるでしょう。

〈私〉の存在を隠蔽する。

〈私〉の対義語が〈公〉であることを踏まえるなら、それはすなわち、客観性を演出するという意味を持つはずです。

1 観察・認識などの精神活動の対象となるもの。かっかん。↔主観。
2 主観から独立して存在する外界の事物。客体。かっかん。↔主観。
3 当事者ではなく、第三者の立場から観察し、考えること。また、その考え。かっかん。

（コトバンク「デジタル大辞泉」より「客観」）

3の「当事者ではなく、第三者の立場から観察し、考えること」が、ここで考えている「客観性」の意味内容にいちばんしっくりきますね。そしてもちろん、そのように「観察」された対象というのは、〈私〉の「主観から独立し」た、すなわち2の意味での客観的なものとして理解されるはずです。

『やまなし』の語り手「私」が、その語りにおいて自分の存在をひた隠すこと。そのことによって、「小さな谷川の底を写した二枚の青い幻燈《げんとう》」は、

　　誰かの主観に染まることのない、客観的な光景

であるかのように演出されることになる——それが、こうした語りのもたらす効果ということになるでしょう。

そして、「誰かの主観に染まることのない、客観的な」ものとは、言い換えれば、〈誰でもが共有できるもの〉ということでもあります。例えば、「この水はおいしい」という主観はその人だけのものですが、「水の沸点は100℃」という客観的な法則は、誰しもが共有し得るものですよね。つまりこうした語りからも、前回04でまとめた、

語り手と読者とのあいだでの、物語世界の共有？

という意味を確認することができるのです。

……いや、だとすると、この物語の締めの語り、すなわち、

私の幻燈はこれでおしまいであります。

についてはどう考えればよいのか。

「私の幻燈」とは、ここまでの読みを踏まえるなら、〈私の写した幻燈〉ということになりましょう。つまり、ここまでひた隠しに隠してきた「写した」の〈主語〉である「私」を、語り手は、最後の最後に前面に押し出してしまうわけですが――もし、〈私〉の隠蔽による客観性の演出が〈語り手と読者とのあいだでの、物語世界の共有〉につながるとするなら、反対に、「私」の明示は、〈語り手と読者とのあいだを切断すること〉に帰結してしまう……？

こうした読みに妥当性があるなら、物語『やまなし』には、語り手と読者を結びつけ、そのうえで切断する、そうした力学が働いていることになります。

メモ　語り手と読者を結びつけ、切断する物語……？

06 私の幻燈はこれでおしまいであります。

まだまだ、「私の幻燈」にこだわってみたいと思います。

いま導いてみた「語り手と読者を結びつけ、切断する物語」という点についてはいったん横に置き、もう少し、〈主観／客観〉という枠組みからあれこれ考えてみましょう。

語り手「私」は、自身の存在をひた隠し、語られる物語の客観性を演出します。ところが最後の最後に、「私」を前面に押し出す。つまり、語られた物語世界が「私」に属すること――言い換えれば、客観を装っていた語りが、実は主観に彩られたものであったことを告白するわけです。

客観が主観へと取りこまれる。

語り手による演出というなら、最終的にそれは、こうした〈客観と主観の合致〉を擬似的に演じる語りとして把握されることになります。

では、〈主観と客観の合致〉とは、何か。

②自分ひとりの考え方。↔客観。

（コトバンク「精選版　日本国語大辞典」より「主観」）

2その人ひとりのものの見方。「できるだけ主観を排して評価する」↔客観。

（コトバンク「デジタル大辞泉」より「主観」）

以上を参照するなら、主観とは、〈自分ひとりの考え方やものの見方〉と整理することができます。そして先ほどの引用を踏まえて客観を定義するなら、〈第三者の立場から観察された、主観から独立して存在する外界〉などとなりましょう。端的に言えば、〈自分の外側にある世界〉ということですね。すなわち〈主観と客観の合致〉とは、

自分のものの見方と、自分の外側にある世界のありようが一致する

と定義することができる。

ということは、つまり、どういうことでしょうか。
自分のものの見方（＝主観）とは、対象である自分の外側の世界（＝客観）についての、自分なりの認識のありようであるはずです。それが、自分の外側の世界（＝客観）のありようと一致する……ということは、すなわち、自らの主観が、客観世界を正しく認識した、そういう意味になるはずです。

主観が客観を正しく認識する。

それって、つまりは〈認識の深化〉、いや、その到達点としての〈認識の深化の完成〉ということですよね。

私たちは、この『やまなし』という物語を読むうえで、

〈世界認識の深化〉という〈コード〉

を参照することに決めました。あるいは、そうした〈コード〉を導き出した前提として、

大人…思索や認識の深度が深い／子ども…思索や認識の深度が浅い

ということも確認しています。であるなら、冒頭と末尾における、

小さな谷川の底を写した二枚の青い幻燈です。

⟷

私の幻燈はこれでおしまいであります。

という対照から読み取った〈客観と主観の合致〉すなわち〈認識の深化の完成〉という意味内容は、

成長するにつれて認識を深化させていく子どもたちが、いつかはたどり着くべき目標

として示されている――そのような解釈も、可能なのではないでしょうか。

さて、ここで、いったん横に置いておいた、「語り手と読者を結びつけ、切断する

物語」という点について考えてみたいと思います。

先述の通り『やまなし』は、その語りによって、物語世界を読み手に共有させようとします。しかしながらその最後に、この世界が「私の」世界であること――すなわち、あなたの世界ではないことを明示することで、読者を切り離そうとする、そんな物語でもありました。いわば、〈読者の包摂と切断〉という構造を有しているということになります。

ただし、その〈読者の切断〉を宣言する「私の幻燈」という言い方は、いま見てきたように、同時に〈読者の目指すべき目標〉としての〈認識の深化の完成〉というものを示唆してもいるのです。フローに整理するなら、

物語の読者を、いったんは自分の世界へと包摂する。

←（けれども）

物語の最後で、読者を自分の世界から切断してしまう。

←（しかし）

その際に、目指すべき目標を示唆する。

などとなりましょう。

……ここで、本章の前半で「幻灯」についての情報を踏まえて解釈した、以下の設定について、もう一度確認しておきたいと思います。

教師が、自分の生徒たちに、現代のテクノロジーを使った機器を用いて何かを伝えようとする——という設定を想定するなら、この物語『やまなし』について、そこには語り手「私」から生徒に発されたメッセージ、すなわち何かしらの〝教育的意図〟が込められていると考えてみるのも面白いでしょう。旧時代の道具ではなく、現代のテクノロジーである「幻灯」を用いたことも、その〝教育的意図〟がより効果的に実現されることを期待してのことと読み取ることができるかもしれません。現代で言うなら、まさにICT機器を活用した教育、ということになりましょう。

物語『やまなし』の読者は、私たちです。けれども、語り手「私」は「教師」であり、その語りかける直接の相手が「自分の生徒たち」であるとするなら、先ほど整理したフローは、次のように書き換えることができるでしょう。

物語の聞き手である生徒たちを、いったんは自分の世界へと包摂する。

←（けれども）

物語の最後で、生徒たちを自分の世界から切断してしまう。

←（しかし）

その際に、目指すべき目標（＝認識の深化の完成）を示唆する。

いかがでしょうか。

これって、まさに、子どもたちを社会へと送り出す、教師のまなざしそのものであると言えるのではないでしょうか。

私の幻燈はこれでおしまいであります。

この「おしまい」とは、ある意味で、

教師としての私が君たちに教えることができるのは、これでおしまいなんだ

ということ、もしくは、

いずれ君たちは、私の教える世界から旅立つべきときを迎えるだろう

という、来たるべき日を思っての感慨を読み取ることもできるかもしれません。そして、別れの日がいまであれ未来であれ、そこから先は、〈認識の深化の完成〉を目指し、すなわち世界を自らの目を通して深く知ることを志し、生きていってほしい——そうしたメッセージを読み取ることができると思います。「私の幻燈はこれでおしまいであります」ということは、裏返せば、〈君たちの幻燈は、これから始まるのです〉ということでもあるわけですから。

先に本章の前半から引用した箇所の直後で、私は、このような問いを発しています。

では、『やまなし』から解釈できる、語り手「私」の〝教育的意図〟とはいったいどのようなものなのでしょうか。

ここまでの読みを踏まえるなら、それは、

いずれ教師の世界観を卒業し、世界に対する自らの認識を深めていってほしい

という願いとして、解釈することができそうです。そして、そのようなメッセージを生徒たちに伝えるための媒体として、いまで言うICT機器に相当するような、〝現代〟的なテクノロジー「幻燈」を用いているんです。ここに、〈世界の認識の深化〉を目指すためには、学業を終えてからも、科学を始めとする最新の学問も貪欲に学んでいってほしいという思いを読み取ることもできそうですよね。

メモ

「いずれ教師の世界観を卒業しても、学びを続け、世界に対する自らの認識を深めていってほしい」というメッセージ

07 上の方や横の方は、青くくらく鋼《はがね》のように見えます。そのなめらかな天井《てんじょう》を、つぶつぶ暗い泡《あわ》が流れて行きます。

さて、ここでいったん、語り手「私」の語る言葉を参照し、物語『やまなし』の舞台について、少し整理してみたいと思います。

もう確認するまでもないかもしれませんが、まず、「二疋の蟹の子供ら」が住む世界、すなわち語り手の語る世界は、「小さな谷川の底」です。あるいは、「一、五月」の出だしでは、それは「青じろい水の底」と言い換えられています。そして「蟹の子供ら」は、まさにその「底」にいるわけですが、この彼らの立ち位置と対照されるのが、右に引用した一節における、「上の方」あるいは「天井」ということになります。そしてこの物語を読む私たち――あるいは、この「幻燈」を鑑賞する生徒たち――は、この「天井」のさらに向こうに、「蟹の子供ら」が知らない広い世界が開かれていることを知っています。つまり、ここには、

上の方の世界（＝天井の向こう）／水の底の世界（天井から下方）

という〈対比〉を認めることができるのです。

では、語り手「私」は、この〈水の底の世界〉について、例えばどのように語っているのか。

そこはまず、「青じろい」世界です。

見上げる「天井」は「なめらか」で、そこを「泡」あるいは「クラムボン」（?）が流れていくのが見えます。「泡」は、兄弟の口から吐かれて「天井」に届くまでに、「ゆれながら水銀のように光って斜《なな》めに上の方へのぼって行き」もします。

「銀のいろの腹」を持つ「魚」が泳いでいます。

あるいは、「天井」の向こうから降り注ぐ太陽の光を描く以下の語りなど、本当に美しいですよね。


にわかにパッと明るくなり、日光の黄金《きん》は夢《ゆめ》のように水の中に降って来ました。

波から来る光の網《あみ》が、底の白い磐《いわ》の上で美しくゆらゆらのびたりちぢんだりしました。

また、そんな「日光」の織り成す「影」の描写も、見事というほかありません。

泡や小さなごみからはまっすぐな影《かげ》の棒が、斜めに水の中に並《なら》んで立ちました。

「二、十二月」のほうではどうでしょうか。

白い柔《やわら》かな円石《まるいし》もころがって来、小さな錐《きり》の形の水晶《すいしょう》の粒や、金雲母《きんうんも》のかけらもながれて来てとまりました。
そのつめたい水の底まで、ラムネの瓶《びん》の月光がいっぱいに透《すき》とおり天井では波が青じろい火を、燃したり消したりしているよう、あたりはしんとして、ただいかにも遠くからというように、その波の音がひびいて来るだけです。

ここでも、〈水の底の世界〉の様子は、具体的に、詳細に描かれています。この物語を読んでいる私たち読者も、いま、まさにそこにいるかのように錯覚してしまいそうです。いわんや、これを幻燈で鑑賞している生徒たちは、いったいどれほどのリアリティを感じることでしょうか。
では、この〈水の底の世界〉と対照される「天井」の向こう側、すなわち〈上の方の世界〉についてはどうでしょうか。

その時です。俄《にわか》に天井に白い泡がたって、青びかりのまるでぎらぎらする鉄砲《てっぽう》弾《だま》のようなものが、いきなり飛込《とびこ》んで来ました。

「天井」そのものについての様子は、「白い泡がたって」と形容されています。ただし、その向こう側については何も語られません。わかるのは、いま、〈水の底の世界〉に突如として乱入してきた「青びかりのまるでぎらぎらする鉄砲弾のようなもの」が、普段はそこに存在しているだろうということだけです。

と思ううちに、魚の白い腹がぎらっと光って一ぺんひるがえり、上の方へのぼったようでしたが、それっきりもう青いものも魚のかたちも見えず光の黄金《きん》の網はゆらゆらゆれ、泡はつぶつぶ流れました。

かわせみに襲われた「魚」は「上の方へのぼっ」ていきますが、「それっきりもう青いものも魚のかたちも見え」なくなってしまいます。つまり、「天井」の向こう側で「魚」がどうなったかは、一切語られません。

泡と一緒《いっしょ》に、白い樺の花びらが天井をたくさんすべって来ました。

「白い樺の花びら」が「天井」をすべっていく以上、「天井」の向こう側には、樺の木が生えていて、いま、まさに開花しているのでしょう。コトバンクを調べると、「樺」について、以下のような説明を見つけることができました。

植物。カバノキ科の落葉高木、園芸植物。シラカンバの別称
（コトバンク「動植物名よみかた辞典　普及版」より）

「シラカンバの別称」とあり、しかも「シラカンバ」に遷移できる仕様になっていたので、試しに「シラカンバ」のページに飛んでみましょう。「日本大百科全書（ニッポニ

カ)」の詳しい解説が掲載されています。その一部を抜粋してみます。

カバノキ科(APG分類:カバノキ科)の落葉高木。高さ25メートル。若い木の樹肌は赤褐色であるが、成木では真っ白になり、きわめて特徴的である。樹皮には横長の皮目があって、薄くはげる。小枝は暗紫褐色で、腺点《せんてん》がある。葉は長枝では互生し、短枝では2枚ずつつく。幅広い三角形であるが、基部がくさび形や心臓形のものもある。長さ5~6センチメートル、幅4~5センチメートル、先はとがり、縁《へり》には深く切れ込む鋸歯《きょし》がある。葉の支脈の数は6~8対である。雌雄同株で、雄花は前年秋から短枝の先に1~2個つき、4~5月に開いて下垂する。雌花は春に短枝の先につき、最初は直立するが、熟すとともに下垂する。

「雄花は前年秋から短枝の先に1~2個つき、4~5月に開いて下垂する」とあります。『やまなし』の前半は「五月」ですから、季節的にもまさに符合します。「真っ白」な「樹肌」の「高木」に咲いた花が下に垂れ下がり、風にでも吹かれたのでしょうか、やがて谷川の水面へと舞い落ちる——そんな光景が目に浮かぶようですが、ただし、『やまなし』の語り手は、それをまったく語りません。

こうなると、「天井」の向こう側、すなわち〈上の方の世界〉に対する語り手の語り方のスタンスは明らかですよね。

〈水の底の世界〉については、あたかもそこに自分がいるかのように、具体的に、詳細に語る。

対して〈上の方の世界〉については、その存在は示唆しながらも、決してそれを語りはしない。ここでは「一、五月」についてしか検討していませんが、「二、十二月」についても、この語り方は徹底されています。


蟹の兄弟の物語なのだから、蟹の兄弟が目にできる光景しか描かないのは当然じゃないか！


もしかたら、皆さんのなかにはそう思われた方もいらっしゃるかもしれません。

なるほど、物語の中には、そこに登場する人物にとことんまで寄り添うタイプの語り手もいます。そういう設定であれば、もちろん、その人物の目を通して見られる世界や出来事だけしか、その語り手は語れないことになります。

では、『やまなし』の語り手もそのタイプなのでしょうか。

確かに、例えば以下に引用する一節などでは、語り手は「兄さんの蟹」にかなり寄り添って出来事を認識していると言えそうです。

兄さんの蟹ははっきりとその青いもののさきがコンパスのように黒く尖《とが》っているのも見ました。と思ううちに、魚の白い腹がぎらっと光って一ぺんひるがえり、上の方へのぼったようでしたが、それっきりもう青いものも魚のかたちも見えず光の黄金《きん》の網はゆらゆらゆれ、泡はつぶつぶ流れました。

「兄さんの蟹は……見ました」とか、「と思ううちに」あるいは「のぼったようでしたが」あたりの言葉は、間違いなく、語り手が「兄さんの蟹」の目と同一化し、そこから見えたものについて語っていますよね。

でも、やはり『やまなし』の語り手は、基本的には蟹の兄弟とは同一化せず、彼らをある意味で対象化しながら語っています。

例えば、「一、五月」の冒頭ですが、兄弟が「クラムボン」としてしか認識していない対象を、語り手は、この時点ですでに「泡」と呼んでいます。

それに、「鋼」「水銀」「鉄砲弾」「水晶」「金雲母」……等々、およそ子どもの蟹たちが知りそうにもない語彙も用いていますよね。

そもそもです。『やまなし』の語り手は幻燈を撮影した「私」であって、つまりは物語世界を俯瞰することのできる立ち位置にいるわけです。

だから、語り手は、語ろうと思えば〈上の方の世界〉だって、語ることができる。場面を〈水の底の世界〉から〈上の方の世界〉へと転換し、そこで起きている出来事について詳細に描写することは可能なはずなんです。幻燈という設定に従うなら、〈上の方の世界〉を写したものを場面として挿入することだってできる。

それなのに、語り手はそうしない。

あくまで〈水の底の世界〉を語ることに終始し、〈上の方の世界〉については、あたかもそれを語ることができないかのようにふるまうのです。

メモ

その場について語ることができるはずなのに、あたかもそれができないかのようにふるまう語り手「私」

08 魚がまたツウと戻《もど》って下流のほうへ行きました。

実は、この、〈語ることができるはずなのに、あたかもそれができないかのようにふるまう〉という語り手の態度は、他のポイントからも読み取ることができます。

右に引用した一文中に、「下流」とありますね。

あるいは、以下の一文には、「上流」とあります。

　魚がこんどはそこら中の黄金《きん》の光をまるっきりくちゃくちゃにしておまけに自分は鉄いろに変に底びかりして、又上流《またかみ》の方へのぼりました。

では、蟹の兄弟たちが戯れる〝この場〟から見た「下流」について、語り手は何かしらを語ったり描写したりしているでしょうか。

残念ながら(?)、語っても描写してもいません。

それならば、「上流」についてはどうか。

これも同じく、まったく触れられていませんね。

ここでも語り手「私」は、語ることのできるはずの場所について、語っていないわけです。

もう一つ、父親の次のせりふを見てみましょう。


『もうねろねろ。遅《おそ》いぞ、あしたイサドへ連れて行かんぞ。』


「イサド」とありますね。

これもまた「クラムボン」同様、意味のよくわからない言葉であって、おそらくはどこかしらの、子どもたちも楽しめるような場所であることが、父の言い方によって示唆されるだけです。

では、この父親の言葉に対する子どもたちの反応はどうか。


『お父さん、僕たちの泡どっち大きいの』

『それは兄さんの方だろう』

『そうじゃないよ、僕の方大きいんだよ』弟の蟹は泣きそうになりました。

張り合うことに夢中になって、「イサド」のイの字も出てきません。つまり子どもたちの言葉からも、「イサド」がどんな場所であるかはまったくわからない。こうなれば頼みの綱は語り手だけなのですが……。

やはり、何一つ語らない。

語り手「私」は、徹底的に〝この場〟を語ることにこだわり、逆に言えば、禁欲的なほどに、〝この場〟以外の場については語ろうとしないのですね。

繰り返しますが、語れるはずなんです。

それなのに、語らない。

つまり語り手は、あえて、自らの認識し得る世界に制限をかけているらしいのです。認識できる範囲に、限界を設けているようなのです。

ここに、一つの矛盾が立ち上がります。

少し前で、私は、

小さな谷川の底を写した二枚の青い幻燈です。

⟷

私の幻燈はこれでおしまいであります。

という対照から、〈客観と主観の合致〉すなわち〈認識の深化の完成〉という意味を読み取ってみました。そしてその他諸々の解釈も踏まえ、

「いずれ教師の世界観を卒業しても、学びを続け、世界に対する自らの認識を深めていってほしい」というメッセージを導き出してみたわけです。

……おかしくないですか？

だって、こうしたメッセージを発している語り手「私」自身が、あえて、自らには認識できない世界があるかのように振る舞っているのです。つまり、〈認識の深化の完成〉を促しながら、認識の限界を示そうともしているんです。この、矛盾。

そう考えるなら、例えば以下のような読み取りについても、少々修正する必要がありそうです。

蟹の父親は、死という抽象概念について、少なくとも子どもたちよりはそれを考えることができるとわかります。

死という抽象的な概念について、それを認識することのできない子どもたちと対照することで、私たちは、「蟹の父親」すなわち大人という存在における、世界認識の深さを読み取ってみました。そして、そうした死について子どもたちに「こわい所」と語る父親の胸中を、

子どもたちに死という抽象概念を理解させることは難しいだろう。正確な説明とは言えないが、いまは方便として、子どもたちにもイメージしやすい具体的な言い方で「こわい所」と表現しておこう。

などと推し量ったのでした。

しかし、この物語の語り手、すなわち大人としての教師は、生徒たちに〈認識の深

化の完成〉を促しながら、自らの認識に限界があるということを、あえて示しています。ここに、〈たとえ大人とて、世界の認識には限界がある〉というメッセージを読み取るなら、「蟹の父親」という大人もまた、そうした限界を有する者として存在することになりますよね。とするなら、死について「こわい所」と表現するのは――もちろん子どもたちへの配慮もありましょうが――、おそらく、彼自身もまた、死というものについて納得のいくような認識を得られていないということを象徴しているとも言えるのではないでしょうか。無論、子どもたちの認識よりかは深いところにあるのでしょうが……。

ともあれ、物語『やまなし』には、〝語られないもの〟が溢れています。〈認識の深化の完成〉を促しながら、その実、認識し得ぬものの存在を明らかに示している。語らないことによって、示している。

この矛盾、ぜひとも解釈したいですね。

それこそが、私たちがここまで楽しんできた読み方なのですから。

メモ

〈認識の深化の完成〉を促しながら、その不可能性を示唆する物語

09『待て待て、もう二日ばかり待つとね、こいつは下へ沈《しず》んで来る、それからひとりでにおいしいお酒ができるから、さあ、もう帰って寝《ね》よう、おいで』

では、「〈認識の深化の完成〉を促しながら、その不可能性を示唆する物語」という矛盾について、考えていくことにしましょう。

引用したのは、蟹の父親が物語中で最後に発するせりふです。「こいつ」とはもちろん「やまなし」のことで、父親は、それがお酒になるまで待とうと提案しています。

「やまなし」。

この果物についての解釈は、やはり避けては通れません。なにしろ、題名に選ばれてすらいるんです。物語を読むうえで、何かしら決定的に重要な意味を担っていると想定するのが自然ですよね。

というわけで、ウィキペディアの助けを借りましょう。

ヤマナシ（山梨、学名：*Pyrus pyrifolia*）はバラ科ナシ属の落葉高木。果実を食用として栽培される和ナシの野生種で、別名、ニホンヤマナシ（日本山梨）、アオナシ、イワナシ、オオズミなど。

（ウィキペディア「ヤマナシ」より）

なるほど、普段私たちの口にする梨の「野生種」なんですね。となると、〈上の方の世界〉から〈水の底の世界〉へと落ちてきた「やまなし」も、人間が捨てたものというわけではなく、谷川のそばに自生する野生の梨であると考えられます。

野生の梨であればこそ、自然の摂理に則って、毎年、決まった時期に〈水の底の世界〉へと落ちてくる。つまり、「お父さんの蟹」は、これまで何度も「やまなし」を経験してきたことになります。だから、

『待て待て、もう二日ばかり待つとね、こいつは下へ沈んで来る、それからひとりでにおいしいお酒ができるから、さあ、もう帰って寝よう、おいで』

などと言うこともできるのですね。経験のなせるわざ。ここにもやはり、〈子どもよりも世界の認識が深まった大人〉という意味を読み取ることができます。

「野生」の梨ということは、おそらくその味は、私たちがいつも口にしている梨とは違い、酸味の強いものなのでしょう。そうした梨であればこそ、きっとそれから作られる「お酒」も美味なのかもしれません。果実酒は、酸っぱい果物から作られたも

のがおいしいですからね。ウィキペディアにも、

和ナシの原生種といわれ、山梨県にある山村ではかつて生食のほか、茹でておやつにしたこともあったという。食味は、甘みは乏しいが香りがよく、長十郎梨の味によく似ているといわれる。またホワイトリカーに漬けて果実酒にもできる。
（ウィキペディア「ヤマナシ」利用より）

とあります。『やまなし』の〈やまなし酒〉は「ホワイトリカー」に漬ける果実酒ではありませんが、酸っぱくて「香りがよ」いのであれば、きっと川底で醸造される〈やまなし酒〉も、父親の言う通り、「おいしいお酒」なのでしょう。

……などとあまり本筋には関係なさそうなことを考えているうちに、私は、この「やまなし」という果物における物語中の意味を考えるにあたって、ちょっと面白そうなことを思いつきました。一見すると脱線や寄り道に思える頭の働かせ方から、何かしらのアイデアや着想を得ることはままあります。皆さんも、ぜひぜひ、試してみてください。

というわけで、経験豊かな父親に言わせると、「やまなし」は、「もう二日ばかり」

待つと沈んできて、そして「ひとりでにおいしいお酒」となるそうなのですが……この「ひとりでに」というのは、要するに、「やまなし」自身が発酵することを指していますよね。「ちょっと面白そうなことを思いつきました」というのは、つまり、ウィキペディアを渉猟しているうちに、この「発酵」ということが気になってきたのです。

一般には微生物の作用によって有機物が分解的に変化して、なんらかの物質が生成する現象をいうが、その中でも腐敗に対立して、とくにその作用が人間にとって有用である場合に用いられる。微生物の一種である酵母の作用によって、糖からアルコールと炭酸ガスが生成するアルコール発酵はその代表例であるが、そのほかにも乳酸菌によって糖から乳酸が生成する乳酸発酵、酢酸菌によってエチルアルコールから酢酸が生成する酢酸発酵、ある種の細菌によって糖とアンモニアからグルタミン酸などのアミノ酸が生成するアミノ酸発酵など多様な発酵現象が知られている。

（コトバンク「改訂新版　世界大百科事典」より）

「微生物の作用によって有機物が分解的に変化して、なんらかの物質が生成する現象」とありますね。そして「その中でも腐敗に対立して」と続きます。ということは、「発酵」

も「腐敗」も、同じ「微生物の作用によって有機物が分解的に変化して、なんらかの物質が生成する現象」の仲間であるということになります。

ただし、「発酵」のほうは、「とくにその作用が人間にとって有用である場合」にそう呼ばれるとあります。逆に考えれば、「腐敗」とは、同じ「微生物の作用によって有機物が分解的に変化して、なんらかの物質が生成する現象」といっても、〈人間にとって有用ではない――あるいは有害である場合〉を指すということです。

でも、ここに言う「有用」とか「有害」などといった価値判断は、あくまで人間にとっての評価に過ぎません。もしそのような人間フィルターを外せば、「発酵」も「腐敗」も、等しく「微生物の作用によって有機物が分解的に変化して、なんらかの物質が生成する現象」ということになるはずです。

微生物による有機物の分解。

このような言い方から、皆さんは何を連想しますか?

私はやはり、生態系という考え方における分解者を想起します。

生態系の生物部分は大きく、生産者、消費者、分解者に区分される。植物(生産者)

が太陽光から系にエネルギーを取り込み、これを動物などが利用していく（消費者）。遺体や排泄物などは主に微生物によって利用され、さらにこれを食べる生物が存在する（分解者）

（ウィキペディア「生態系」生態系の成り立ちより）

「分解者」である「微生物」の「利用」する対象の筆頭に、「遺体」が挙げられていますね。要するに、それを「発酵」と呼ぼうが「腐敗」と呼ぼうが、あるいはただ「微生物の作用によって有機物が分解的に変化して、なんらかの物質が生成する現象」と呼ぼうが、そうした作用の対象となるものの典型は、「遺体」である――もちろん、川底に落ちゆく「やまなし」もまた。私はまさに、

ひとりでにおいしいお酒になるやまなし

←（それはつまり）

発酵…微生物による分解

←（ということは、すなわち）

やまなし…分解される対象↓遺体

と連想したのですね。つまり「やまなし」は、まず、分解者によって利用される〈死せる者〉の象徴である、と。

しかし、そんな死をつかさどる「やまなし」は、同時に、そこからの再生、生まれ変わりを示すものでもあります。なぜって、分解者による作用の結果、「やまなし」に含まれる「糖」から、「アルコール」という物質が新たに生成する――誕生することになるのですから。

さらに言えば、「やまなし」を含む果実は、そもそも子孫を後世へと残すためのものでもあります。つまり、果実としての「やまなし」が「発酵」あるいは「腐敗」し、そこから種子が現れることは、新たな生命の誕生に必須の営みでもあるということです。

「やまなし」は、死と生を同時に象徴するものである。

この果実にそうした解釈をほどこすことは、決して強引なこじつけではないと言えるはずです。

メモ　死と生の象徴である「やまなし」

10『そうじゃない、あれはやまなしだ、流れて行くぞ、ついて行って見よう、ああいい匂《にお》いだな』

死と生の象徴である「やまなし」。

実は、こうした意味は、物語『やまなし』の語りそのものからも、解釈することができるんです。

ここで、本章の最初のほうで整理した、『やまなし』から読み取れる〈対比〉の例を、もう一度参照してみましょう。

・蟹の子供ら／お父さんの蟹
・上流／下流
・上のほうの世界／水の底の世界
・一、五月／二、十二月

・小さかった蟹の子供ら／大きく成長した蟹の子供ら
・クラムボン／泡
・かわせみ／やまなし

〈蟹の子供ら／お父さんの蟹〉、〈上流／下流〉、〈上のほうの世界／水の底の世界〉、〈一、五月／二、十二月〉、〈小さかった蟹の子供ら／大きく成長した蟹の子供ら〉、〈クラムボン／泡〉——これらの〈対比〉については、そこからたくさんのヒントを得て、ここまで様々な解釈へと応用してきましたよね。

となると、残るは〈かわせみ／やまなし〉という〈対比〉です。

ただ、右に示した〈対比〉の例を最初に列挙したとき、他の例はともかく、この〈かわせみ／やまなし〉という観点については、「どうしてそれが〈対比〉なの？」と思った方もいらっしゃるかもしれません。ですので、まずはこの両者を〈対比〉として捉える根拠について説明したいと思います。

まず、「かわせみ」と「やまなし」には、「天井」の〈上の方の世界〉から〈水の底の世界〉へと、突如としてその姿を現すもの、という共通点があります。〈対比〉について考えるうえで、この共通点というものは、とても大切なポイントとなります。なぜなら、本当に何にも関係のない、まったく土俵の異なるもの同士では、〈対比〉という見方は成立しないからです。

カブトムシとWi-Fiとを比べてみよう！

などと言われても、「はぁ？」ってなりますよね。つまり、何かと何かを比べるとき、その両者のあいだには、属しているカテゴリーや有している性質などに、何かしらの共通点が必要であるということです。というわけで、この条件については、〈かわせみ／やまなし〉という構図は満たしていることになります。

では、共に「天井」の〈上の方の世界〉から〈水の底の世界〉へと、突如としてその姿を現すものである「かわせみ」と「やまなし」には、いったいどのようなコントラストが認められるか。

まず、兄弟の視点から考えてみましょう。二人にとって「かわせみ」は、「こわい」ものです。それに対して「やまなし」は、「おいしそう」なものとして認識されていますよね。この〈否定的／肯定的〉という評価の対立は、両者を〈対比〉の関係として見る一つの根拠となるでしょう。

あるいは、〈認識の深度〉という観点からも、両者の対照性は見てとれます。最初に「やまなし」が姿を現したとき、子どもたちは、それを「かわせみだ」と認識していますよね。これに対して父親は、「やまなしだ」と訂正しています。この場面に着目するなら、

かわせみ…対象についての誤った認識
⟷
やまなし…対象についての正確な認識

と整理することができるでしょう。子どもと大人における、〈世界の認識の深度〉の差が対照されていると読み取れる。この点もまた、〈かわせみ／やまなし〉という〈対比〉が成立する根拠となります。

ということで、皆さん、〈かわせみ／やまなし〉を〈対比〉の関係で捉えることにご

納得いただけたでしょうか。

では、この〈対比〉を軸として、もう一歩踏み込んでみましょう。

何より「かわせみ」は、「魚」を「こわい所」へと連れていってしまう者でした。言うまでもなく、それは、殺生という行為を意味します。「かわせみ」は、生命にとって不意に、かつ理不尽に訪れる〈死〉をつかさどる者なのです。

ところが、「二、十二月」では、最初はそのような〈死〉の象徴としての「かわせみ」として認識されたものが、「やまなし」であったと訂正されるわけです。

ここには、「かわせみ」から「やまなし」への反転という構造を認めることができます。そして「かわせみ」が〈死〉をつかさどる者であるならば、そんな「かわせみ」と〈対比〉の関係にある「やまなし」は——〈生〉を象徴するものとして在ることになる。

つまり、「かわせみ」から「やまなし」への反転とは、言うなれば、物語を覆うイメージが、〈死〉から〈生〉へと反転することに等しいと言えるわけです。

ただし、ここで「かわせみ」とか「やまなし」とか呼ばれている対象は、ものとしては同じ物体です。同じ物体でありながら、認識の次元で〈死〉と〈生〉という両者のイメージを含み持つものとして示されているわけですね。

以上のように考えるなら、

死と生の象徴である「やまなし」。

実は、こうした意味は、物語『やまなし』の語りそのものからも、解釈することができるんです。

という私の言葉についても、ある程度は腑に落ちたのではないでしょうか——ちょっと強引だったかな……？（笑）

ただ、いずれにせよ「やまなし」は、先ほど解釈してみたように、種子であるという観点からも、「発酵」という観点からも、死と生を象徴するものであることは間違いありません。そしてそうした読み取りをした際に、私は、次のようなことを述べています。

野生の梨であればこそ、自然の摂理に則って、毎年、決まった時期に〈水の底の世界〉へと落ちてくる。つまり、「お父さんの蟹」は、これまで何度も「やまなし」

を経験してきたことになります。

ということは、「やまなし」の象徴する〈生と死〉とは、一回限りのものではないという結論になります。すなわち、それは毎年繰り返されてきた、そしてこれからも繰り返されるものなのです。となれば「やまなし」は、これまで延々と紡がれてきて、これからも延々と紡がれていくような〈生と死の連鎖〉を象徴していることになりますね。それは一言でまとめるなら、〈世代間での命の継承〉などということになるはずです。

メモ　〈世代間での命の継承〉を象徴する「やまなし」

11　**蟹の子供らはもうよほど大きくなり、底の景色も夏から秋の間にすっかり変りました。**

さあ、それではそろそろ、私の示した謎の一つに、答えを出してみたいと思います。覚えていらっしゃるでしょうか。私は08で、この物語の矛盾について、

〈認識の深化の完成〉を促しながら、その不可能性を示唆する

という点を指摘しました。そしてその〝矛盾〟を起点として何らかの意味を解釈するために、「やまなし」という果実における〈世代間での命の継承〉という象徴性を読み取ってみたのです。

人は、〈認識の深化の完成〉を目指すべきである。

とはいえ、認識の範囲には、限界がある。

――こうした前提に、「やまなし」の象徴する〈世代間での命の継承〉という意味を接続させると、そこにどのようなメッセージを読み取ることができるか――？

それは、きっと、このようなものであるはずです。

人は、〈認識の深化の完成〉を目指すべきである。とはいえ、一人の認識する範囲には限界がある。であるならば、〈認識の深化の完成〉は、延々と紡がれる命の連鎖のなかで、世代を超えて継承されていくべき営みである。

いかがでしょうか。いくつかの〈対比〉を起点として、〈世界認識の深化〉という〈コード〉を導き出し、それを参照しながら読むことで、とうとう私たちは、このような解釈までたどり着くことができたのです。

〈認識の深化の完成〉へと向かう、世代を超えた命の連鎖。

このような解釈を経て、あらためて読み返すなら、「蟹の子供らはもうよほど大きくなり」という語りも、こうした壮大な時の流れの中に位置づけて読むことができるのですね。

しかし、まだ終わりではありません。

本章の最終的な目的は、「幻燈」についての解釈から導き出された、

『やまなし』から読み取れる〝教育的意図〟とは？

という謎に何かしらの答えを出すことでしたよね。それについては、06でもうすでに、

「いずれ教師の世界観を卒業しても、学びを続け、世界に対する自らの認識を深めていってほしい」というメッセージ

とひとまずまとめておきました。ここに、いま読み取った内容を反映させるなら、どうなるか。

繰り返しますが、語り手である教師の「私」は、直接の聞き手である子どもたちに、自分のもとを離れても勉強を続けること、そして世界に対する〈認識の深化〉を完成させることを目指してほしいと促しています。

しかし、そんなメッセージを含意するこの物語は、様々な語りから、認識には限界のあることを示唆している。

であればこそ、〈認識の深化の完成〉という目標は、世代を超えた命の連鎖の中で目指されるものである。つまり、

生徒たちよ、君たちの生もまた、そうした壮大な営みの一部としてあるのだよ。

私は、物語『やまなし』に、そのようなメッセージを解釈してみました。まとめるなら、次のメモのような内容となるでしょうか。

メモ

「いずれ教師の世界観を卒業しても、学びを続け、世界に対する自らの認識を深めていってほしい。そしてそうした営みは、あなた方自身を、世代を超えた壮大な時間の中へと位置づけるものなのだ」というメッセージ

12『クラムボンはわらったよ。』

もう少しだけ、解釈を押し進めてみたくなりました。というのも、いまあらためて〝教育的意図〟という言葉に言及したことで、あと一つ、付け加えたいことが見えてきたからです。

〈認識の深化の完成〉は、世代を超えた壮大な営みである。

このようなメッセージについて、それを「うお、すごい！」と肯定的に受け止めてくれる方であれば、何も問題はないんです。でも、場合によっては、こうしたメッセー

ジを、ネガティヴに読んでしまう人もいるかもしれない。例えば、

〈認識の深化の完成〉が世代を超えた営みであるということは、逆に言えば、それは自分の人生のうちに達成されるものではないということになる。ばかばかしい。結局は自分では何も成し遂げられないってことじゃないか。

などと。

なるほど、確かに〈認識の深化の完成〉は、おそらく延々と先延ばしにされる目標であり、人間が人間であるかぎり、誰一人として自らの人生において達成できるものではありません。あるいは、自分と同時代の他の誰かが成し遂げ、自分もその恩恵にあずかるなどということも不可能でしょう。

でも、それははたして不幸なことなのでしょうか。

自分の認識し得ない領域が、この世界からなくなることなどありえないということは、悲観すべきことなのでしょうか。

否。

私は、そう断言したいと思います。

考えてもみてください。

ここまで読み込んできた『やまなし』ですが、仮にその「一、五月」の出だしが以下のようであったなら、この物語は、ここまで多くの人々に愛されてきたでしょうか。


二疋《ひき》の蟹《かに》の子供らが青じろい水の底で話していました。

『泡はわらったよ。』

『泡はかぷかぷわらったよ。』

『泡は跳《は》ねてわらったよ。』

『泡はかぷかぷわらったよ。』

「クラムボン」という摩訶不思議な言葉を、すべて、「泡」に置き換えてみました。
これはこれで面白い——そう感じた方もいらっしゃるでしょうが、でも、このような語りであったなら、きっと物語『やまなし』は、いまほどの人気は誇ってはいなかったはずです。

『やまなし』の冒頭において、「クラムボン」は「クラムボン」でなければならなかった。

「泡」ではいけなかった。

「クラムボン」という、何を意味しているのかよくわからない、そんな謎めいた言葉であったからこそ、『やまなし』の読者は、この物語にぐいぐいと引き込まれ、そして、様々な解釈を楽しむことができるのだ——。

謎——すなわち、いまだ認識し得ぬ何かは、私たちの好奇心を刺激し、喚起するものです。

そう考えるなら、〈認識の深化の完成〉が達成されてしまった世界——すなわち、すべての謎が解き明かされてしまった世界こそ、ある意味ではディストピアと言えるのではないでしょうか。

確かにあなたの人生の中で、あなたやあなたと同時代の人間が、認識の深化を完成することはあり得ない。つまり、認識し得ぬもの、理解できない領域は、いつだってあなたの周りにあることになる。けれどもそれは、決して悲嘆すべきことでない。なぜならその謎こそが、あなたの知的な好奇心を刺激してくれるのだから。

私なら、先ほど解釈した『やまなし』の語り手の〝教育的意図〟に、こうした読みも付け足しておきたいですね。

メモ
〈認識の深化が完成されることがないからこそ、私たちは常に謎に囲まれ、そして、いつまでも好奇心を抱くことができる〉というメッセージ

§3 〝作者の気持ち〟について

物語『やまなし』をめぐる解釈は、これでおしまいにしたいと思います。
ですが、この章を閉じる前に、どうしても触れておきたいことがあります。
「クラムボン」の〝正体〟をめぐる様々な考え方を紹介した際、私が以下のようなことを述べたのは記憶にあるでしょうか。

ちなみに私が30年くらい前に読んだ本（すみません、著者も題名も覚えていませんが……）の中では、宮沢賢治が法華経を熱心に信仰していたということを踏まえ、仏教的な哲学を〈コード〉として、「クラムボン」という言葉を、仏教における〈空《くう》〉の思想の象徴であると解釈していました。これなんかも、とても面白い読みだと思います。

ここに紹介する読み方は、『やまなし』の作者である宮沢賢治についての情報を〈コード〉として作品を解釈する、というものです。なるほどウィキペディアの「宮沢賢治」のページにも、まず冒頭に、

宮沢 賢治（みやざわ けんじ、正字：宮澤 賢治、1896年〈明治29年〉8月27日－1933年〈昭和8年〉9月21日）は、日本の詩人、童話作家。

という紹介があり、そしてその直後に、

仏教（法華経）信仰と農民生活に根ざした創作を行った。作品中に登場する架空の

理想郷に、郷里の岩手県をモチーフとしてイーハトーヴ（Ihatov、イーハトヴやイーハトーヴォ（Ihatovo）等とも）と名付けたことで知られる。

と続きます。「仏教（法華経）信仰」が、宮沢賢治の「創作」の根本にあったと説明されていますね。ということは、「作品中に登場する架空の理想郷」もまた、そうした仏教的な世界観を基底に持つものであるとなるはずです。だとするなら、「クラムボン」を仏教における〈空《くう》〉の思想の象徴とする読み方も、突拍子のないものというわけではないと言えるでしょう。繰り返しますが、私自身、そうした読み方について、「とても面白い読み」だと思います。

ただ、本書では、この『やまなし』についてもそうですし、あるいは『ピアノ』についても、『桜の樹の下には』についても、その解釈にあたって、〝作者〟の情報には、ほとんど言及してきませんでした。

作品を、作者に紐づけながら読む。

そうした読み方を、私は意図して避けてきたんですね。

本章の最後にあたって「どうしても触れておきたいこと」というのは、この、「作品を、作者に紐づけながら読む」という読み方を私が避けていた意図についてということになります。

実は、〈作品を、作者に紐づけながら読む〉という読み方――おそらく、多くの方々が自然にそうしている読み方――には、ちょっと危ういところがあるんですね。

作品を作者に紐づけるというのは、より具体的に言い換えれば、

その作品に込められた意味やメッセージを統括するのはその作品を書いた作者であり、したがって、作品を読解するうえでは、そこに込められた作者の意図や思いを理解しなければならない。

ということであるはずです。平たく言えば、〝作者の気持ち〟を考えろ、ということですね。

え？ それの何が危ういの？

少なからぬ方々が、そう思われたかもしれません。「文章を書いたのは作者なのだから、作者の意図や思いについて考えることは当然でしょ?」、と。

なるほど、メッセージには発信者がいて、発信者は、そのメッセージに自分の思いや伝えたいことを込めます。そしてそのメッセージを受け取った受信者は、そこに込められた発信者の思いを解読しようとする。こうしたあり方は、コミュニケーションを図式化したときの最も単純なモデルであり、そしてこの発信者を作者に、受信者を読者に言い換えれば、確かに、「読者は〝作者の気持ち〟を考えろ」ということになりますよね。

でも、こと文学に関するかぎり、そのメッセージは原則として言葉によって組み立てられます。

そして言葉とは、その使い手がどれほど創意工夫して用いようが、とことんまで社会的なものですよね。特定の個人だけが所有し、その特定の個人だけが理解でき、用いることができる――そんなもの、決して言葉にはなり得ません。歴史的に考えても、いまこの一瞬の社会のことを考えても、言葉とは、個という存在を遥かに超越し、凌駕する、社会的な共有物であるわけです。

となれば、何がどうなるか。

いま、ここに一人の作家がいたとしましょう。そしてその作家が、自分の思いを表現しようとして、一篇の文学作品を織り成したとします。その作品にはもちろん、〝作者の気持ち〟が込められている――はずなのですが、では、それは純粋なものとして、そこから取り出すことができるのでしょうか？

おそらくは、不可能です。

なぜなら、その作品を織り成す一つひとつの言葉たちは、個人の所有物ではなく、社会で共有されるものであるからです。どれほど創意工夫して言葉を編み上げても、それが言葉として意味をなすものであるかぎり、そこには、作者という個人を超越した、社会的な意味やイメージが織り込まれてしまうことになる。

例えば、第Ⅰ章で『ピアノ』の解釈を実践したときのことを思い出してみてください。「或雨《あるあめ》のふる秋の日」という一節から、私は、「秋雨」を連想し、そしてそこから「長雨」、「ながめ」とイメージを連ね、そこに「もの思いに沈む」という心のありようを読み込んでみました。作者である芥川龍之介がそのような意味をこの一節に込めていようが込めていまいが、日本語という文化圏のなかでは、「雨のふる秋の日」という表現は、こうしたイメージを持たざるを得ないのです。

あるいは、同じく第1章ですが、『竹取物語』や『源氏物語』での言及を参照しながら、「月」という言葉に、「不吉で忌まわしい」という意味を解釈しましたよね。こちらもまた同様に、「月」という単語のこれまでの使用の履歴——文字通り星の数ほど用いられてきたわけですが——の中でその語に刻まれたそうした含意や空気、印象、イメージが、『ピアノ』の読みにおいて、やはり影響を及ぼしてしまったという例です。くどいようですが、作者である芥川が意図しようがしまいが。

このように考えるなら、こう、言えるはずです。

作品から作者の意図を抽出することは、原理的に不可能である、と。

で、あるなら——作者の意図などカッコに括ってしまい、そこに織り成された言葉たちから引き出すことができる意味を、読者が解釈する——そのほうが、文学の読みとしてはずっと生産的で、面白いのではないか……？

考えてもみてください。

仮に文学の作品が作者によって統括されているとするならば、したがって、作品を読むということが作者の意図の解読であるというならば、その作品に込められているのは、作者がそこに込めたたった一つの意味やメッセージであることになります。

これに対して、作品の統括者としての作者という存在を横に置き、読者がそこに自らの読みをもって対峙するならば、その言葉の群れから立ち現れる意味は、原理的には無限ということになるはずです。なぜなら、一つの作品に対し、読者は無限に存在し得るからです。しかも、一人の読者とて、年齢や思想や環境が変われば、同じ作品からも違う意味を解釈する可能性が高い。例えば、「中学生の頃に『走れメロス』を読んだときはつまらなく感じたが、大人になって読み返したら、とてつもない傑作に思えた」などということは、誰にだって起こり得るんです。

そして、それは逆に言えば、こういうことでもあるはずです。すなわち、

> 作者に焦点化する読みというのは、このような、無数の読者が作品から無数の意味を立ち上げ続けていくという創造的かつ生産的な営みを禁じる、きわめて抑圧的な制度になりかねない……！

作者というのは、ただでさえ、読者に対して特権的な立ち位置にいるのです。そこ

に、作者還元主義的な読みの制度が絶対化されてしまったなら、〈上＝作者／下＝読者〉という権威主義的な位階が固定されてしまうことになります。読者はひたすらに作者に従うだけで、作者だけが知っているその作品の意味を知ろうと、ただただ翻弄される――私にはそうした読みが、あるべき文学の楽しみ方だとは、到底思えないんですね。

実は、このような考え方は、まったくもって私の独創などではありません。これまで様々な哲学者や思想家、文学研究者などが主張してきたことなんですね。その代表的な人物が、例えばロラン・バルトという人で、彼が「作者の死」や「作品からテクストへ」等のエッセイでこうした考え方を提言したのは、いまから50年以上も前のことなんです。

50年以上も前――。

となれば、文学の理論としてはすでに古典の部類に入るような考え方であるわけで、当然、文学を研究する人々は、それを支持しようとしまいと、こうしたバルト的な発想については、皆、基礎教養として知っているわけです。人によってはバルト的な文学観をより徹底的に推し進めていったり、あるいは逆に批判したり、はたまた作者を捨象する読み方と作者を参照する読み方との両者ともに大切と考える折衷案を示した研究者もいます。いずれにせよ、バルト的な解釈理論――しばしば、テクスト論と総称されます――は、研究の世界では、すでに長い歴史を有し、様々な評価や批判にさらされてきたわけです。

では、研究室や、あるいは大学の教室の外側ではどうか。

つまり、文学の研究者や専門家ではない一般の人々は、皆、こうした読み方を知り、そのうえで、それを選んだり逆に選ばなかったりしてきたと言えるのか。

私の知るかぎり、残念ながら、そうしたことは言えないと思います。

そうですね……例えば、皆さんは、ネットで漫画作品の「考察」記事を読んだことがあるでしょうか。私は目にするたびに読むようにしているのですが、ここで言う「考察」とは、登場人物の言動やストーリーの展開、あるいは描かれた背景などに着目し、物語がまだ明らかにしていない謎に対して、何かしらの仮説を考え、提示するという読み方のことです。

ときには、「それはちょっと飛躍し過ぎでは……」という「考察」も目にします。

そしてもちろん、「これはすごい！」と思わずうなってしまうような「考察」もあります。

いずれにせよ、描かれた絵や言葉を根拠とし、そこに様々な意味を読み取ろうとするこの「考察」という営みは、私が本書で実践してきた「解釈」と、基本的には同じようなものであるはずですよね。

ところが、そうした「考察」記事のコメント欄を読むと、そこにはけっこうな確率で、「考察なんてせずに単純に楽しめ」とか、「すべては作者の匙加減なんだから、考察なんて無意味」などという批判の言葉が書き込まれているんですね。

うーん……。

私は、そうした〝批判〟を目にするたびに、心の中で思わずため息をついてしまうんです。そしてとても残念な気持ちになる。

作者に還元するのではなく、一人ひとりの読者が主体的に意味を生産していく。そうした読みとしての「解釈」の重要性をバルトが綴ってからすでに半世紀以上経った現在でも、「すべては作者の匙加減」という考え方は、いまだ根強いわけです。研究室や教室はいざ知らず、その外側、つまりは一般の人々のあいだには。

でも、考えてみてください。

文学——私は漫画も文学の一ジャンルであると考えています——を楽しむ主体は、まずは一般の人々であり、語弊のある言い方かもしれませんが、文学の〝素人〟であるはずです。

だとするならば、読者一人ひとりが「解釈」を楽しむ、というテクスト論的な読み方は、誰よりも、そうした一般の人々が享受できるものであるべきではないでしょうか。

もちろん、このような読み方を知ったうえで、「それでも私は作者に戻る」と選択することを否定するつもりはまったくありません。

あるいは、このようなことを述べてきた私自身、「作者」に紐づける読み方の重要性を感じるケースも実はあるんです。

例えば、社会的、民族的、宗教的、性的、経済的——な、様々なマイノリティたちの著した文学を読むとき、その言葉を綴った人々のマイノリティというポジションを捨象することは、ときに暴力になり得るとすら考えています。私は2024年に放送大学の大学院で修士号を修めたのですが、修士論文の中で、宗秋月《そうしゅうげつ》という在日朝鮮人二世の作家の作品を扱っています。そしてその際、彼女の置かれた言語的、あるいは社会的な環境を参照し、それを〈コード〉として解釈する、ということをしているんですね。

国立ハンセン病資料館で学芸員をなさっている、木村哲也さんという方がいらっしゃいます。この方が、「よみがえるハンセン病詩人・志樹逸馬」（「国立ハンセン病資料館研究紀要」第7号に所収）という論文をお書きになっているのですが、これが本当に凄い文章なんですね。志樹逸馬《しきいつま》というのはハンセン病療養所に入院し、そこで多くの詩を発表した詩人です。『新編　志樹逸馬詩集』（亜紀書房）という一冊が出ていますので、興味ある人はぜひ読んでみてください。私自身、たった数年前に知ったばかりの詩人なのですが、残りの人生をかけて読み込んでいこうと思っています。

話しを「よみがえるハンセン病詩人・志樹逸馬」という論文に戻すと、木村さんはこの中で、志樹逸馬の「遺稿ノート」に着目し、そこに施された詩人自身による推敲の過程を追う、ということを実践なさっているんですね。そしてそのうえで、見事な解釈を立ち上げる。「作者」へと紐づける読み方の、典型的な成功例であると言えると思います。

というわけで、私には、「作者」へと焦点化する読解を否定するつもりはまったくないんです。作品から意味を産出するための一つの〈コード〉として、「作者」という項があったっていい――ときには、絶対に必要なものですらある。

ただ、やはりそれは、あくまで「一つの〈コード〉」であるべきだと思うんです。

つまり、「作者」という存在を、絶対的なものとは考えてほしくないということです。

その理由は、先ほどすでに述べた通りです。

作者を〈コード〉の一つとして相対化すること。

作者という〈コード〉は他の〈コード〉に対して決して優先的な位置にあるわけではないということ。

たとえ「作者」への焦点化を選ぶにせよ、そのことは、常に意識していただきたい。

そして、そうした意識をはっきりと持つためには――まずは一度、「作者」をカッコに括って物語を解釈するという、テクスト論の面白さを体感することが必要なはずです。

『ピアノ』、『桜の樹の下には』、そして『やまなし』。

この三つの物語について、それらを作者に紐づけながら読むことを私が避けていたのは、このような意図ゆえです。

おわりに

『スマホ片手に文学入門』、お楽しみいただけましたでしょうか。

本書で紹介した方法――例えば、何かしら気になる語句や表現などと出会ったら、スマホでちゃちゃっと調べてみて、そこで得た情報を解釈に活用してみる。あるいは、作品中の〈対比〉を探し出して、そこを起点としてあれこれ考えてみる。そして、自分なりに〈コード〉を組み立ててみて、その〈コード〉を参照しながら同じ作品をもう一度読んでみる――いずれも、いますぐに実践できる方法であるはずです。ぜひぜひ、試してみてくださいね。

さて、本書の「はじめに」で、私が、

〝登場人物の気持ち〟から自由になれるものとしての〈文学理論〉

というお話をしたことは覚えていらっしゃるでしょうか。第三章の『やまなし』では、なんと、〝登場人物の気持ち〟どころか〝作者の意図〟という考え方をすら、カッコに括っ

てしまいましたよね。そして、

文学を解釈するのは一人ひとりの多様な読者であり、したがって一つの作品から解釈される意味は、原理上、無限なのだ！

ということを強調したわけです。作者に着目する読み方から得られる解釈も、そうした多様な読みのうちの一つとして考えるべきだ、と。

で――ある以上はですね、当たり前すぎるくらいに当たり前なんですが、この本で、『ピアノ』や『桜の樹の下には』や『やまなし』について私が実践したような解釈もまた、無限に生み出される多様な意味のうちの一つにすぎない、ということになるわけです。

正直に告白します。

本書で紹介した私の解釈には、私自身、「んー……、ちょっと強引かな？」と思うところもないわけではありません。一、二回、そうした不安を吐露してもいるのですが、ご記憶に残っているでしょうか。

皆さんも、きっと少なからず、私の解釈について、「この読みはおかしい」とか「納得がいかない」とか「なんかモヤモヤする」などと違和感を持たれているところがあるかと思います。そして、だとするならば――、

大成功！

と、私は、そう叫びたい。なぜって、誰かの読みに何かしらの違和感や疑問を抱くことは、解釈という営みが始まる、決定的なきっかけとなるのですから。

皆さん、どうか、私の解釈を覆してみてください。

「クラムボンは、泡なんかじゃない！」という読みを、ぜひぜひ成り立たせてみてください。

文学の読みに、たった一つの正解などあり得ません。

そこに意味を読み込むのは、皆さん一人ひとりなのです。

――とはいっても、一つだけ、守ってほしいルールがあります。ルールなどと言うと窮屈な感じがしてしまうかもしれませんが、どんなゲームだって――私に〈文学理論〉を教えてくださった師の一人は、「文学とは解釈ゲームである」と断言していらっしゃ

いました――ルールがなければ成り立たない。ルールのないゲームなど想像すらできませんし、仮にあったとしても、そんなゲーム、何一つ楽しくないでしょう。「鬼にタッチされても逃げ続けていい」なんていう鬼ごっこなら、いったい誰がそれを遊びたいと思うでしょうか。

それならば、文学の解釈におけるルールとは何か。

それは、〈根拠〉を示すことです。

自分がその作品から何かしらの意味を導き出すとき、あるいは誰かの解釈を批判するとき、「なぜそのように読めるのか」「どうしてその解釈はおかしいと言えるのか」ということを、きちんと説明できること。

それが、文学の解釈というゲームを面白くするための、たった一つのルールです。コトバンクやウィキペディアで調べたことでもかまいません。もちろん、何かしらの本から得た知識も大切です。あるいは、文中に書かれてあること、さらにはその作品に対する誰かの批評や論文などを参照したっていい。いずれにせよ、

かくかくしかじかというわけだから、したがって、私はこの作品のこの箇所を、こ

のように解釈する！

といったふうに自らの読みを示すことができれば、そうした皆さんの読みは、きっと、また他の誰かの解釈を誘い出す契機となることでしょう。そのようにして、たった一つの作品から、無数の解釈が生まれていく。時代や、場所をすら超えて紡がれ、広がっていく、解釈のリレーですね。

文学を読むこと。

それは、なんと豊かな営みなのでしょうか。

二〇二四年夏

悲惨にあふれる世界のなかで、それでも私たち人間の未来と可能性を信じながら

小池陽慈

【参考文献】
著者名50音順

アントワーヌ・コンパニョン『文学をめぐる理論と常識』中地義和、吉川一義訳（岩波書店）

池上嘉彦『記号論への招待』（岩波新書）

池上嘉彦、山中桂一、唐須教光『文化記号論　ことばのコードと文化のコード』（講談社学術文庫）

石原千秋、木股知史、小森陽一、島村輝、高橋修、高橋世織『読むための理論　文学・思想・批評』（世織書房）

川本茂雄『ことばとイメージ　記号学への旅立ち』（岩波新書）

小池陽慈『〝深読み〟の技法　世界と自分に近づくための14章』（笠間書院）

小林真大『文学のトリセツ「桃太郎」で文学がわかる！』（五月書房新社）

ジョナサン・カラー『ディコンストラクション　I』『ディコンストラクション　II』富山太佳夫、折島正司訳（岩波現代文庫）

蓼沼正美『超入門！　現代文学理論講座』亀井秀雄監修（ちくまプリマー新書）

テリー・イーグルトン『文学とは何か　現代批評理論への招待』大橋洋一訳（岩波文庫）

ハンス・ロベルト・ヤウス『挑発としての文学史』轡田収訳（岩波現代文庫）

廣野由美子『批評理論入門　『フランケンシュタイン』解剖講義』（中公新書）

前田愛『増補 文学テクスト入門』（ちくま学芸文庫）

三原芳秋・渡邊英理・鵜戸聡編『文学理論　読み方を学び文学と出会いなおす』（フィルムアート社）

三宅香帆『（読んだふりしたけど）ぶっちゃけよく分からん、あの名作小説を面白く読む方法』（笠間書院）

森山卓郎『表現を味わうための日本語文法』（岩波書店）

ロバート・スコールズ『記号論のたのしみ 文学・映画・女』富山太佳夫訳（岩波書店）

ロラン・バルト『物語の構造分析』花輪光訳（みすず書房）

ロラン・バルト『S／Z　バルザック「サラジーヌ」の構造分析』沢崎浩平訳（みすず書房）

渡辺祐真／スケザネ『物語のカギ「読む」が10倍楽しくなる38のヒント』（笠間書院）

助川幸逸郎・幸坂健太郎・岡田真範・難波博孝・山中勇夫『文学授業のカンドコロ　迷える国語教師たちの物語』（文学通信）

小池陽慈

1975年生まれ。早稲田大学教育学部国語国文科卒業。同大学院教育学研究科国語教育専攻修士課程中退。2024年3月、放送大学大学院修士全科生修了。2024年4月より、同大学院博士全科生。現在、大学受験予備校河合塾・河合塾マナビスで現代文を指導。著書に『14歳からの文章術』『“深読み”の技法』(笠間書院)、『評論文読書案内』(晶文社)、『現代評論キーワード講義』(三省堂)、『ぼっち現代文』(河出書房新社)、『つながる読書』(編著、ちくまプリマー新書)など。

スマホ片手に文学入門

検索で広がる解釈の楽しみ方

2024年7月5日　初版第1刷発行

著者　小池陽慈
イラスト　usi
発行者　池田圭子
発行所　笠間書院
〒101-0064
東京都千代田区神田猿楽町2-2-3
電話 03-3295-1331　FAX 03-3294-0996

ISBN　978-4-305-71016-1

装幀・デザイン　室田潤(細山田デザイン事務所)
本文組版　STELLA
印刷/製版　平河工業社

https://kasamashoin.jp